当代诗人自选诗

花神引

茱萸——著

《星星》历届年度诗歌奖获奖者书系

梁　平　龚学敏　主编

四川文艺出版社

星星与诗歌的荣光

梁 平

《星星》作为新中国第一本诗刊，1957年1月1日创刊以来，时年即将进入一个花甲。在近60年的岁月里，《星星》见证了新中国新诗的发展和当代中国诗人的成长，以璀璨的光芒照耀了汉语诗歌崎岖而漫长的征程。

历史不会重演，但也不该忘记。就在创刊号出来之后，一首爱情诗《吻》招来非议，报纸上将这首诗定论为曾经在国统区流行的"桃花美人窝"的下流货色。过了几天，批判升级，矛头直指《星星》上刊发的流沙河的散文诗《草木篇》，火药味越来越浓。终于，随着反右运动的开展，《草木篇》受到大批判的浪潮从四川涌向了全国。在这场声势浩大的反右运动中，《星星》诗刊编辑部全军覆没，4个编辑——白航、石天河、白峡、流沙河全被划为右派，并且株连到四川文联、四川大学和成都、自贡、峨眉等地的一大批作家和诗人。1960年11月，《星星》被迫停刊。

1979年9月，当初蒙冤受难的《星星》诗刊和4名编辑全部改正。同年10月，《星星》复刊。臧克家先生为此专门写了《重现星光》一诗表达他的祝贺与祝福。在复刊词中，几乎所有的读者都记住了这几句话："天上有三颗星星，一颗是青春，一颗是爱情，一颗就是诗歌。"这朴素的表达里，依然深深地彰显着《星星》人在历经磨难后始终坚守的那一份诗歌的初心与情怀，那是一种永恒的温暖。

时间进入20世纪80年代，那是汉语新诗最为辉煌的时期。《星星》诗刊是这段诗歌辉煌史的推动者、缔造者和见证者。1986年12月，在成都举办为期7天的"星星诗歌节"，评选出10位"我最喜欢的中青年诗人"，北岛、顾城、舒婷等人当选。狂热的观众把会场的门窗都挤破了，许多未能挤进会场的观众，仍然站在外面的寒风中倾听。观众簇拥着，推搡着，向诗人们"围追堵截"，索取签名。有一次舒婷就被围堵得离不开会场，最后由警察开道，才得以顺利突围。毫不夸张地说，那时候优秀诗人们所受到的热捧程度丝毫不亚于今天的任何当红明星。据当年的亲历者叶延滨介绍，在那次诗歌节上叶文福最受欢迎，文工团出身的他一出场就模仿马雅可夫斯基的戏剧化动作，甩掉大衣，举起话筒，以极富煽动性的话语进行演讲和朗诵，赢得阵阵欢呼。热情的观众在后来把他堵住了，弄得他一身的眼泪、口红和鼻涕……那是一段风起云涌的诗歌岁月，《星星》也因为这段特别的历史而增添别样的荣光。

成都市布后街2号、成都市红星路二段85号，这两个地址已经默记在中国诗人的心底。直到现在，依然有无数怀揣诗歌梦想的年轻人来到《星星》诗刊编辑部，朝圣他们心中的精神殿堂。很多时候，整个编辑部的上午时光，都会被来访的读者和作者所占据。曾担任《星星》副主编的陈犀先生在弥留之际只留下一句话："告诉写诗的朋友，我再也不能给他们写信了！"另一位默默无闻的《星星》诗刊编辑曾参明，尚未年老，就被尊称为"曾婆婆"，这其中的寓意不言自明。她热忱地接待访客，慷慨地帮助作者，细致地为读者回信，详细地归纳所有来稿者的档案，以一位编辑的职业操守和良知，仿佛春风化雨，润物无声地温暖着每一个《星星》的读者和作者。

进入21世纪以后，《星星》诗刊与都江堰、杜甫草堂、武侯祠一道被提名为成都的文化标志。2002年8月，《星星》推出下半月刊，着力于推介青年诗人和网络诗歌。2007年1月，《星星》下半月刊改为诗歌理论刊，成为全国首家诗歌理论期刊。2013年，《星星》又推出了下旬刊散文诗刊。由此，《星星》诗刊集诗歌原创、诗歌理论、散文诗于一体，相互补充，相得益彰，成为全国种类最齐全、类型最丰富的诗歌舰队。2003年、2005年，《星星》诗刊蝉联第二届、第三届由中宣部、国家新闻出版总署、国家科技部颁发的国家期刊奖。陕西一位读者在给《星星》编辑部的一封信中写道："直到现在，无论你走到任何一个城市，只要一提起《星星》，你都可以找到自己的朋友。"

2007年始，《星星》诗刊开设了年度诗歌奖，这是令中国诗坛瞩目、中国诗人期待的一个奖项。2007年，获奖诗人：叶文福、卢卫平、郁颜。2008年，获奖诗人：韩作荣、林雪、荣荣。2009年，获奖诗人：路也、人邻、易翔。2010年，获奖诗人、诗评家：大解、张清华、聂权。2011年，获奖诗人、诗评家：阳飏、罗振亚、谢小青。2012年，获奖诗人、诗评家：朵渔、霍俊明、余幼幼。2013年，获奖诗人、诗评家：华万里、陈超、徐钺。2014年，获奖诗人、诗评家：王小妮、张德明、戴潍娜。2015年，获奖诗人：臧棣、程川、周庆荣。这些名字中有诗坛宿将，有诗歌评论家，也有一批年轻的80后、90后诗人，他们都无愧是中国诗坛的佼佼者。

感谢四川文艺出版社在诗集、诗歌评论集出版极其困难的环境下，策划陆续将每年获奖诗人、诗歌评论家作品，作为"《星星》历届年度诗歌奖获奖作者书系"整体结集出版，这对于中国诗坛无疑是一件功德无量的举措。这套书系即将付梓，我也离开了《星星》主编的岗位，但是长相厮守15年，初心不改，离不开诗歌。我期待这套书系受到广大读者的青睐，也期待《星星》与成都文理学院共同打造的这个品牌传承薪火，让诗歌的星星之火，在祖国大地上燎原。

2016年6月14日于成都

目录

辑二　系列诗

辑三　诗之余

| 辑一 | 编年诗

2004—2007年

失　踪

那些生命中渐渐陈旧的名字
失踪于某年某月，某个黄昏

这个夏天的末尾
邮戳失踪于风雨
泥泞还在路上兼程
大片的叶子飞得决绝而无情
我在很深的黑暗里
闻到了来年草色腐烂的气息

2004年8月

梨花或者绝句

十指交缠，节候开始呼吸

惊艳之名从花谱间簌簌站起

那花瓣穿过一首旧诗的颈联

朝闪烁在指间的绿色走去

风那么大，只带来飞鸟的羽毛

我喜欢那些转瞬即逝的事物

譬如鸟羽，或者梨花。它们

变成水，兼具飞翔及流淌的特质

或操着浓重的地方口音，和驻足者

谈及的盛开与凋零，都在暗地进行

我知道我们之间的谈话很轻

一万首绝句摔落地面的声音

偕同梨花吐露的颜色与消息

轻易地将我们的谈话擦去：它涉及

一切柔软事物的内心和外貌

2005年春

词语通道

灰烬：枯火临风梳妆，半世的韶华明灭

黑夜：草木之上蓝天之下。带着湿气的鸟鸣深黑色的瞳孔

灯光：语言崩溃的地方，被漂白的古人的影子

嘴唇：说出秘密的那部分，谁知道它最先被称为什么

风声：天籁的声音细若蚊呐，从窗外呼啸而过

虚构：上升的房间暧昧异常，交谈使词语的存在，坍塌

场景：甬道的尽头面孔扭曲，却是充实着和谐。你怎么解释

手势：秘密完成和交换，内在的隐秘过度到猜测和议论

落幕：舞台空了，演出结束了。我们看到并说出了：灰烬

2005年冬

漂移花园

为了与果核分享秘密，种子
积蓄了一年的粮食和光阴

舞姿偕同光线生长，你分辨不出
花园被含在嘴里温暖了多少日子
被挂在腰间晃荡了多少日子
园子里的鸟鸣、花朵和树木
静止了多少日子。呼吸缓慢但
节奏分明。你几乎看不见这
南方湿热的气候。花园的体温
一度测不准确。它游移着
你们阴晴变幻的表情
是否藏着花园漂移的谜底

2006年5月11日

半成品

在没有被烧成一只结实的
陶罐之前，我们都是半成品
随时可能重回大地。如果被
打碎，明与暗如何缝合

泥土柔软了下来——
忍着剧痛，让人在身上刻起
遍体的花纹。遭受文明之剧变
野兽已消失，脚步被熄灭

作为半成品，永远未完成
火焰悬空，孤独地朝你吐舌头
呼出的气差点打湿面颊。拨开睫毛
你可以看清楚一切
正在穿越河流的事物
迅速弯曲，溶化，陷入僵局
而你我将在成为容器之后接纳它们
因为水，成品的存在显得可疑

嘴唇安放粗糙，而意义却在别处

2006年5月20日

捕捉瞬间

词语布满灰尘，车招手即停

大街那么繁忙，逗号失效

我以为所有的排队都是有序谋杀

在让座的间隙，你做了与时代无关的小动作

每一代人的申辩都有所不同

没有谁关心玻璃透明与否

南方是水做的，南方只和船平行

一个胃能装下多少鱼米

我就能报销多少车票

直到厌倦颠簸和有关旅行的一切

同路的尴尬挂着生产日期不明的微笑

疹子等待刺激，与天气和解

我们等待到站，清点物品和嘴上残留的脏话

另一群人蜂拥而至

你夹着虚拟的尾巴和我一起出逃

2006年6月5日

植物谱局部

木犀：小乔木或灌木，花小，白色或暗黄色
有特殊香气，供观赏，亦可做香料。俗称桂花
每一个八月如此相似，这一次的花却没有开
寄存的色彩和味道，再也收不回来，等待腐烂

白茅：多年生草本植物，花穗上密生白毛
根茎可吃，亦可入药，叶子可编蓑衣
《诗经》说："自牧归荑，洵美且异。匪女之为美，
美人之贻。"荑就是指白茅草芽，既白且滑
——想不到千年前的爱情竟如此鲜嫩

荼蘼：落叶灌木，攀援茎，蔷薇科悬钩子属
茎上有刺，花黄白重瓣，夏季开，有香气
不须开到荼蘼，花事未了。不做酒名做花名
看定春末下初，便上演一幕幕倾城的舞蹈

桃树：落叶乔木，花粉红色，果实略呈球形
表面有短绒毛，味甜，常见水果，核仁可入药

开花的时候，春风做药引子，这样的粉红色

治愈了多少相思？去年今日，每一次回头

思慕者的眼里，已分辨不出人影和花影

2006年8月

独幕剧

悬崖不是水，流动是不可能的
身影如此轻，轻过高度

高度源自铺天盖地的恐惧
它来的时候，你束手无策

传说如此容易复制
英雄无疾而终

谁能还这个世界一个凛冽的开始
谁能心甘情愿就此消失

这是一个独特的剧种
评判的标准属于时间

抽身而出的痛，反复出现
台词只有两句，说完就谢幕：

多说无益，普罗米修斯

你去盗火，我来给这个世界泼冷水

2006年10月22日

陌上桑

要结冰可以，但不能冻住树木的肋骨

这个冬天我没有看见脸红的兔子

他们躲在被窝里。取消一段温度需要

抖动去年的春天，抢占高地、种下桑树

陌上花久不开，我已久不作远游计

把自己装扮成翅膀扑棱扑棱的笨鸟

去树枝上烤火、发呆，跟你打招呼

暗下去的法则，和寒冷一样

法不溯及既往，我们也不谈旧事

一切都是新的，新得让我慌张

在森林消灭之前，要迅速变身为喷火之虎

追着蝴蝶跑。才不要没有人陪我说话

我们是多么地不谙世事

一块抹布的简洁足以解决这些

灰尘却仍然在那里，那么顽皮

天黑了，心跳在下沉暮色在上升

一个冬天来临，一个冬天即将滑过

我允许结冰，但反对寒冷的专制

我们一起跳，一起跳到来年的陌上去

2006年12月12日

垂丝海棠

迎面而来，没有风的春天
时间、地点和人物
或许还有隐约的剧情
故事发生和发展的全部要素
都具备了

路边的墨绿色邮筒
远在几年前就已锈蚀
信还能邮寄到更远的地方么
我吐不出更多的词语
这种红色真罕见
喷洒在一个孤独的地方
干净，安宁

人间有诸多不堪
我正是这不堪的一部分
经历过了，便觉索然无味
花朵厌倦地开着

我开在花朵的厌倦里

惊艳，只是一时的姿态罢了

2007年3月23日

2008－2010年

风雪与远游

若觉得这会是一次更深的失败，那么你便错了。

它们只是一样的模具，在没有差别的四季，

给我一个无能为力的开始，

于午夜聚啸，出产类似的影子。

如今，我们在汉语内部遭遇芳草、流水和暖红，

无处不在的现代性，那非同一般的嚎叫。

你不知道，有些生动的植物以及

值得道说的枯燥细节仍在左右着我们的步子。

部分人在场，另一部分人抽身，

你从来都不是风雪背后假想的敌人，

能够见证时间的下坠。

一枚橙的汁液中我们怀念汉语，身体的

隐秘部分浸没其中。小腿的光滑弧线痴了，

还有骨骼、关节、血肉和毛发，它们

左右着词与词的相逢和零落，它们断言：

"不生长植物的季节，是干枯的"，

但是这残缺之上的完整可以被触摸，

是所有的光辉，让我们激动。

可设计一场情节显豁的远游又能如何？

你能在二月的阳光之浅里提炼出湛蓝？你能

在赭石色的花朵里取消比喻？

你道不明这样的午夜之轻、风雪之面具，

它们具有虚构的全部特征。掌握它就意味着，

为造物而生的机窍，在你我的掌心静泊。

2008年2月1日

花草市场

我看着我的右边，她静默得

仿佛植物学家的女儿

幻想自己是半丛水藻，一直沉下去

这根本不是一个适合打捞的时节

我喃喃。从巫山到高唐的绿皮火车频繁晚点

它连接的是两个虚构的陈旧地名

带来的消息暗藏玄机，不宜外泄

它引来了水。水，水流向长满苔藓的舌尖

"你依旧改变不了植物的本性，你依旧

在冶艳的生活里，郁郁葱葱，吞咽爱情。"

六年了，我过着没有父亲的日子

已经六年了

我从来不知道我的父亲是否喜欢

这些明亮的植物

他从来也没有提起过

晴天里的花草市场，在这个陌生的城市

没有高架、地铁、磁悬浮

没有发臭的河流、碰撞的呼吸和额头

我的恍惚离你们最近，离植物们的身体

那些半裸的、摇曳的身体，最近

我仿佛疼痛口腔里的那枚龋齿，干枯，

空洞，盲目，不知所措，狠命地拽住那些

吊兰、九彩杜鹃、丁香和四季秋海棠，

当然，你知道，也少不了

菊、仙人掌、文竹和水仙，所有寄居在秋天

或不在秋天的忧郁灵魂

翠色出口拥挤不堪，碎屑漫天飞舞在

眼神的旋涡。那个阳光温暖的瞬间

太沉默了，我觉得自己在它面前

完美得一无是处、没有尽头，

如同尘世饱满的情欲，以及你的

长长的眼睫毛。水色，弯曲，犹豫不决

你说："有你，我就很快乐。"

2008年初改定

池上饮

忆昔西池池上饮，年年多少欢娱。

——[北宋] 晁冲之

我们湿漉漉的对话，要保持恒温且鲜绿，

如刚刚过去的春昼般冗长，却并不乏味。

说的话题细碎而干枯，哦，这真不是什么坏事情，

南方的三月细腻到了极点，她随时可以

制造新的腐烂，天气的变化更令人无从谈起。

夜色只是浅，无法溶解你我嘴角的间歇性缄默。

是的，它们近乎微笑，近乎苛刻。

对酌，不明液体的爬行导致话题偏移，

多么有趣！它们已被抽象成一套虚构的动作，

承担着符号赋予的强大指涉权。

在暗处，我们的声音扭曲成形而上的尖叫，

你能否立即意识到这个世界的混乱，它

像极了田园里的稗草，硬的顶端迅速

刺破时间的这块美学伤疤，耀眼而疼痛。

该承认的是，我向来缺乏言说的耐心。

我不清楚每一株植物、每个细节的名字，

却偏要用形容词堆积出大量的烟幕。

它们晦暗、偏执、寒冷，沾染着密室政治的

恶习，它们不干净。

池上饮，绝不能效仿干枯的古人们

沾染着吴越一带的甜腥来谈论

治服、习技或房中术。

我仅仅试图拗断链条中的任何一环，

你看，饭桌上便立马多出了

几道古怪的菜肴。

哲学家的菜园里，樱桃红还没成为流行色，

春天却贬值了不少。

几只呆瓜足以修饰人群的寥落，

早在落座之初，我们便搁置争议，

跨过点菜环节：新疆烤羊肉、冰镇思想史，

外加全民造句运动的余绪——

打折年代里，不知道这样的优惠套餐，

能否适应我们国家那副巨大的阴性脾胃。

2008年3月3日

夜 读

为做一个高尚的人，你需要
去倾听那么多丑恶的描述

为让翻动纸张的声音亮起来
你需要打开后工业时代的灯盏

你越来越喜欢上简单
那些让你累的文字，在披挂的时候
武装到牙齿

在清剿时光的暴徒之前
先朗诵一段最干净的水流

2009年11月15日

入 冬

你紧了紧身上的衣服

走出来

走到街口

那儿没有黄昏的灯盏

一地的碎玻璃

无人清扫

失血的天空伸出厌倦的手指

这个高烧不退的城市

终于有了新的猎物

2009年12月11日

国际劳动节禁令

禁止闯红灯，禁止当街卖唱，

禁止印刷小纸条，原则上不允许集体散步和捉迷藏。

打开劳动者的脑壳，植入快乐的芯片，

为了让这个系统跑得更快，我们再一次更换了显示屏。

2010年5月1日

萨福，或粉红纤指

她……就像长着粉红纤指的

月亮，在黄昏时升起

——萨福（Sappho）

第十个缪斯背面，月亮光滑的影子。

粉红执拗地翻越手指和黑暗，

翻越蓝袜子、水绿色鞋带、

紫色衣襟和风中动荡不安的鸟群。

萨福……舌头贴近上颚，牙齿抵达下唇，

两千多年来不变的音调，正在老去，成为祖母。

魂灵却入驻到每一位诗人、

每一对恋人的眼神，年轻而干净。

午夜开始行驶，这列车永不疲倦，

它认识沿途生长的植物：木樨或玫瑰。

经由整个晚上的叹息和怀念，甘露变得圆润，

浅昼的简单与坦白，潜入你温暖的室内。

要复述一段传说是再简单不过的了，

拥有生活的常识后，言辞已无关紧要。

暮春时节草色斑斓，相对如梦寐，

梦中的女儿，梦中有所依持的弱小者，

遭遇着彼此经年的妥帖和润渍。

这少年的心性曾如此荒诞不经，

萨福，年迈的诗神唯有无言；

而今无数男女已经长成，绿野充盈，

仿佛我们的收敛，我们的苦乐。

2010年5月

失眠故事

落了俗套的人们渴求生活有所起伏，
午夜却不满足于安稳的航行。
漩涡要你陷进去，单薄的黑色不让，
所有你要遭受的构陷都准备好了，
从现在起，接受时间的调解和讯问。

桌子上的静物是本季的新宠，
菠萝和夏枯草茶就要混入床头柜的队伍。
那个喃喃自语的人依旧惧怕打翻水杯，
他躺下，祈求夜晚赐予冗长的瞌睡：
"永恒的枕头，引领我们上升"，
不洁的床铺，则安慰着白皙皮肤的下沉。

用咖啡止渴，狂躁者不免浮想联翩，
他用眼睛放射出的饥馑束着暮春的小腰身。
如今天涯故事已经渐渐湮没无闻，
绿树成荫，灯光黯淡，召唤不远处的黎明。

可这场尚未开始的睡眠该如何结束？

镜子准备好开场白，牙刷排练了一夜的舞蹈，

安于作困兽斗的人蹬掉了刚穿起的鞋子，

开始制造故事：它虽然有一个糟糕的开头，

去在最后获得了至为甜美的睡姿。

2010年5月10日，深夜

2011－2013年

六月七日

请息交以绝游。

——陶潜《归去来兮辞》

是时候告别旧时光了。
尽管它曾拥有过原初时
那徒然的面貌，辗转和牵连。

欢好及筵席，曾在繁盛的花影下
再次被赋予新的形式。
如今绿叶成荫，覆盖住疲倦的道路，
人们能否在这消极中求得安宁？

雨后的薄暮总是来迟，
它却照亮了这个季节深处
所有晦暗的往事和悔恨。

你打开光阴的匣子，

记忆蚁阵的军容整洁，任它噬咬

痴缠于此世的肉身。

这伟大而破败的庙宇，

充斥着谋略和机心的破碎拼图，

如今被软化，被灌注了丰盈的蜡，

成为一部分虚无之烛，

点燃后，拥有

在风中摇曳不定的面容。

2011年6月7日

夏日即景

长江南岸，倦意滋生的
午后，这块审美的腹地面临着
目光有预谋的包抄和劫掠。
要沦陷，就干脆彻底一些——
狭小的阳台上，晾衣竿撑起
日常生活的万国旗帜：
从汗渍处退役，欣欣然
投入到带有肥皂香味的空气中。
让它们无风自动吧，为了
显得更像生活在人间，你不介意
下一趟楼：从十一层到地面，
左拐到一扇从不关的院门边；
绕过密云路街角拥挤的人群，
从未如此接近过市声，
它饱满而自足，不理会
一个无聊观察者外行的倾听。
耷拉的叶片上布满灰尘，
枝条各安其位，如同夜晚

井然的繁星秩序，不可测度。

这能安然面对风雨暴动的

柔弱之物，会让你忘记

植物分类学和部分园艺知识。

喔，对，还有夹竹桃，

这剧毒的植株

有着诱人的殷红之唇。

2011年6月8日

喂樱桃

我们来拆词：蔷薇科，

落叶乔木，樱属，果实。

用牙齿剖开它，和

从形象上生吞它，

有什么了不起的区别？

发育起来的鲜红，

小惊颤，浸满露水。

留香的唇，贴紧

时间之额。你从哪里眺见

仲夏的远景？

就剩下这些了，都给你：

水果家族里的小女儿

2011年6月26日

海 葵

哦！这种天气可真恐怖，
洼地与风合谋，招来了
陈年的海和崭新的水。

没有珊瑚和岩石的慰问，
两只笨拙的寄居蟹
摩擦发出的声音，
来自螯足长节内缘的列齿。
它们弹出了
全旅馆最欢快的
温柔曲调，在旧时
破败的日本租界。

这智商低下的花朵却有
饱含杀意的触手。它撩拨起
你漫长的饥饿和渴意。

晚餐带来最初的甜。

风暴中的肉食和点心

参与了这战栗的美妙，

和最终的暴雨。

2012年8月8日

避雨的人

他们互相望了望，在路边医院的
玻璃廊檐下，听匆忙的脚步。

裂开的乌云带来白昼的消息，
往地面倾泻恩典与光束。

一辆货车驰过，面孔和雨披交替
出现在这幅画面的角落。

不断有身影投向雨幕，不断有风刮过。
额上的水珠，滑入新来者的沉默。

都是已经上岸的赶路者，
太阳一照，没人记得水的痕迹。

在这样的晴天，你要走向避雨的人，
成为那群人中最新鲜的一个。

2012年8月24日；2016年4月修改。

（感谢黄灿然先生的修改建议）

咸鱼书店

仓库或殿堂，知识的？哦不，

在国年路不起眼的

小角落，它教授似的坐在

Floor2，没有二郎腿可翘。

凳子立在菜市场

巨人的肩膀上，鱼腥味邻居

和烂菜叶兄弟，正用

业余微笑去招徕顾客；

网吧在对面生意兴隆，吵醒了

他们的眼镜片，在啤酒瓶底。

这堆书本要是有隔壁

旅店前台一半的姿色就好了，

雾里看花，花倒是好的食材。

把自己当个疑犯，在入口处

先寄存好脑袋里的

这些异端思想，

才能接受书架们的表情检阅。

时不时飘上来的咸鱼味道
正亲切地和你打招呼：
楼上的朋友们，你们好吗?

爬上木质楼梯，回廊顶贴着
"小心头顶"、"请勿踏空"
字样的标语。来访者们不顾
打颤的双腿，正集中精力
拣选那些分好了类的——
1953年版毛选，洪宪惨史，
港版金瓶梅，红旗杂志，
左拉性爱小说，切文古尔镇，
菊花栽培技术，养殖手册，
人体艺术，气功精选……
莱布尼茨，这康德的冤家，
伸出了独断论的枝条，
铸雪斋抄本聊斋志异要
伸手去接这个抛过来的
媚眼吗? 当然，也可能
是个山芋，它兴许还很烫。

2012年11月28日

柳絮还是杨絮

在兰州，满街飘着絮状的
不明飞行物。它们打在
疾驰的车窗上，看上去要
用身体来擦干净上面的灰。
几个南方人窝在车座中
絮叨着寄存在春天的雨水
怎么还不来为本地还上
欠下的季节性债务。
这里的黄河水居然是
清澈的，被两条大道夹着
正在改变我们的想象力。
你是外地人，是这里的过客，
你说这是柳絮吧，
南方很常见，大西北居然也
多得可以组织起一支舞队了。
它们是柔弱腰肢上不小心
甩下来的赘肉，西北的
柳树姑娘们也要向南方看齐。

他说不不不，这应该是杨絮，

你看旁边的杨树比柳树

种植得更多，它们的叶子

略粗些，是西北女孩典型的

眉毛样式；他说这个问题

很严肃，不仅关系到植物的

名分，还是审美的拨乱反正。

2013年4月21日晚，兰州

2013年5月3日修改，上海

地铁车厢速写

我盯着车窗，上面闪过一张张
幻灯片：公益咨讯，李锦记
酱油——我妈烧菜最爱用它，
地产商的阴谋，爱情故事脚本，
还有邓超、黄晓明和佟大为
蹲在巨大的自由女神像广告牌下
装作参拍陈可辛电影的那幅。
喔，它们的有趣程度远超教授
在博士生课堂上播放的PPT。
对面座位穿黑丝袜的美腿姑娘
裙子很短，而且蓬松、开敞，
她自然地将双腿搭在地面上，
我这个角度，目光能轻易扫到
她的内侧大腿根，不过再往上
就漆黑一团，什么也看不到了。
她邻座的男人在摆弄手机，
根据我的经验，大概是在
玩"愤怒的小鸟"之类的游戏，

他瞟了我一眼，眼神里

满是"这是我女人"的意味。

姑娘穿着橙色的平底小皮鞋，

鞋的边上躺着一张带有

上海市轨道交通路线图的

广告单，单子上还印着

几个字：阿波罗男子医院。

2013年5月6日

玩具门诊

它肺部咳出一声声

迟暮的哑音，连新的电池

也不能提供足够的

能量和动力。它记不起

第一块砖和最初的子弹

是如何穿透巨大的玻璃幕墙

稳稳停到手心的；

每启动一次按钮，

它就抽搐得更加费劲，像

童年时期在群架中的落败。

他拿起听诊器，仿佛捏着

父亲新长出来的髭须。

扎人的酥麻感透过

二十年的回忆传了过来。

他翻检那个昏暗的箱子，从里头

掏出一件件当年的时髦货色；

他抖落金属片和木头

碎屑，掰开塑料壳子，

找到了电路板下藏着的小零件。

他想起那些画面，想起

假装飘零的往事；

他想起旧时的屋宇、经霜的橘树，

想起一段皮筋和一颗螺丝钉，

想起伤感是如何摧毁了自己

这名玩具医生的心智。

他疯了，填满现成的病历；

他撕开了它的皮囊，散落出

零星的构件。它们是

城堡建筑的废弃物，

带着因拆迁而产生的呼啸，

掉进时间的深潭，露出

半个作思考状的小脑袋。

他拿起听诊器，仿佛捧着

母亲不再奶水丰沛的乳房。

那批旧玩具的触感透过

二十年的回忆传了过来。

这个病恹恹的医生，

他正在自己的门诊里

为自己刚刚挂上了号。

2013年5月2日夜，

与须弥、厄土同题

2014年

雪夜读齐奥朗——为《眼泪与圣徒》而作

那是一场……久远的未遂和虚空。
缺席者遍及宇宙，容纳的软弱
击中了我。透过更新的句法，
慕道的人陷入痴迷及悔恨，对密契。

又一个这样的雪夜：窗外，沙沙声
并没有带来更多的冷。有部诗集
（它出自十架约翰之手）躺在我的
桌角，呼出召唤，然后吸入神秘？

天气在呼吁旧风格。为偿还今年
暖春提前支付的温度，身带领心，
踏入此世的幽微之境。圣徒，这个
词在遥远的外语中，投来光影。

积雪开始生成，荣耀地；火焰则
伸出烘烤的舌头，让我们选择站的
位置。"耶稣的心是基督徒的枕"——
倒头安睡吧，话语并不迁就信仰，
弃绝是热爱所能提纯的唯一一张
入场券：强大的和软弱的，在这场
修辞的持续风暴中，将无一幸免。

2014年2月20日，江西赣县

初夏晨起

十九楼，大落地窗

浪费着白昼之光和

一整夜暗的经营

两条路发出邀请

它们在前方交汇成

十字的形状，一部分

车流被导入地道

从另一头露出腰身

金属的，橡胶的和

钢筋混凝土的方言

响彻这初夏的清晨

撑开了几双睡眼

刚刚过去的良夜

也顺带得到了治愈

生活平淡，没有奇迹

只太阳的升起和它

十几个小时后的坠落

才偶尔激荡人心

2014年6月24日晨

冒雨的黄昏

我冒雨出去，又冒雨回来。
———罗伯特·弗罗斯特

规则在起作用：窗玻璃上
水珠见证暴雨密集的撄犯。
半小时前，室内还能听到呼啸声，
而现在，浓雾让远处变得肮脏，
就连雷霆之怒也无能为力。

我冒雨出去，顶着这愤怒的
余裕，没有伞；又冒雨回来，
经过街角的店铺，里面散着
暖黄的光线。冒雨的黄昏
是这个炎夏里短暂的喘息，
它递出低沉，不索要清凉。

清凉带走的是高烧的白昼，
节律则始终偏袒弱的一方。

大楼里的脚步，轻响的雨披；

洗手间马桶的抽水声，镜面

常年累积的水渍，小便

淅淅沥沥的男人们，都在

这样的冒雨出行后读完了

一部精彩的身心历险记。

2014年7月12日

误点日志

车窗外如今江南风物满眼，
即使盛夏的威势暂时受挫于
这移动的冷气。终于赶上了
另一趟驶往目的地的列车，
我穿梭于每个车厢，为
行程的变更作身体的补救。

危机起源于计划外的迟起，
而迟起（你知道的），总是
让催促陷入无能为力的境地。
正如现在，在遥远的南中国，
一场风暴席卷了众人的命运，
从海上来的风暴，对陆地和
人类充满了危险的好奇心。

又一个站台，新的地名，
拉杆箱和遮阳帽色彩鲜艳，
而人群拥挤，却并不耽误

彼此的生活。更何况，

被拖延的仅仅是两个小时，

即将到来的大海远眺会

弥补一切旅途劳顿，东方

海域的平静也再次向

造物提示了自然界的初心。

2014年7月19日，D3119途次

在海边

路灯，汽车发动机的轰鸣；
暗噙着光，颤动的不止是风。
筵席已散，酒意还陷入于
初经人事的惶惑中。在海边，
从山上的石屋别墅走下来，
我们缓缓停入友谊的良夜。
音乐，伴奏的是众人的絮叨；
路灯贡献老派的昏黄，手机
则提供了几粒科技的光斑。
涛声涌过来，夜幕笼罩星空。
海港，静物，这是第一夜。

在海边，咸腥包围了蔚蓝，
而水包围了山、陆地和海岛。
码头抛出霉味，墙壁剥落，
上面的广告和船身的喷漆都
欣喜于对渔村生活的了然：
"做钢丝头联系操传宗

电话号码138××××××××"、

"以马内利"、"菩萨保佑"

……这些诸神混杂的方言和

戏谑感极强的姓名。在这里,

我们披着第一缕曙色出航。

海天,光影,这是第二日。

2014年7月20日（给藏马）

美人指

你能想到什么？蔻丹？
凤仙花染出的指甲？还是
安娜苏、蒂婀或露华浓
渲染出的现代香艳故事？
咬开圆润颗粒下端的紫红，
汁水甘甜，于唇齿间跳跃。
这美人指不过是一串
放在桌上的不安分葡萄。

（美人指，尖椭圆形，
植原葡萄研究所育成。
1984年于日本杂交，
1998年引入中国，夏季
着色、成熟，正当妙龄）

然后它被一颗颗摘下来，
放入盘中，浸到水里清洗，
些许细梗和碎皮浮了起来。

透过水面，一抹抹颜色

终于变得鲜亮，连同那

生涩的青也恢复了知觉。

它经历了枝头的死，

体验过烦劳和朽败，

却从渴望和审美中复活。

2014年8月30日

闸北初秋

树叶落下，街角的垃圾桶被迫沾上
法国梧桐高处的洁净；接下来是
嫩枝的青黄偷换成了树皮的红褐。
没有人注意到，这是最冷峻的时刻。

永和路出来是共和新路，柏油路面
被午后乏味的反光所笼罩。这里是
上海闸北区，一百年前饱满了起来，
随后又在战事中迅速瘪了下去。
如今地铁一号线在这瘪腹中穿行，
从地底拱出到地面，带起了秋意。

这秋意有风，不是吹落树叶的那阵，
而应该来自路拐角的鼓风机厂。
那半废弃的厂房装有老式的大铁窗，
多数玻璃已经碎了；铁门还算牢固，
爬山虎却从门缝里冒了出来——
这秋风有意，要穿透森森的藤蔓，

穿透日常的沉闷与无趣。在闸北
不要想着毗邻的虹口、宝山与普陀，
也不要指望南边的苏州河能带来
秋风凌厉的训斥之外那水的温柔。

2014年9月11日夜间

返乡道中作

跟老友和新相识道别

结束数日的出游

坐上了回家的列车

我已经有近十年

没在这个时候返乡了

这几年我离它越来越远

对那个故我也越来越陌生

现在我的对面是一对母子

年轻的母亲盯着窗外的

斜阳和南方初来的秋意

婴孩大概不到一岁

摆着一个放肆的姿势

躺在座位上睡得很香

丝毫感受不到我的伤感

日光透过窗子铺洒在

他白嫩的脸蛋上面

恍若瓷器上的那层薄釉

他享受着这静谧仿佛

接下来要纠缠其一生的

喜乐、欲念和忧患

都与他没有任何关系

2014年9月23日T83列车上

2015年

访花岛书店不遇

想象坐落在耀眼白色中的
一家旧书店会是什么样子，
已经足够动人了——不是么？
更何况，它还闭锁着，
主人还在继续享用
剩余的冗长假期？
地方及季节跟花与岛
都没有什么关联，那样一座
书籍的堡垒（或仓库）挂着
如此具有修辞效果的招牌，
会是知识阴谋的产物吗？
或者，该反省的是我们自身
对习惯和好奇心的依赖？
有时候，目的地几乎忘记了

它最初的意图。就好比这次，

旅途消化了这个充满冰霜的

黄昏：我擎了把伞去，

却披着一身雪归来。

2015年1月12日，北海道札幌

澡雪词

造化之盐增添了

尘世的甜度——这无疑

暗合烹饪的道理。

当然，烹饪之道还关乎

火候和食材的搭配：

自行车深埋在素白中，

素白又伸出半截黄褐色

消防栓，如同东亚人

羞涩又不安分的阴茎；

工人们口里呵出热气，

铲着成堆的云朵，

而云朵和堕落天使一样，

刚于肮脏的路面围拢。

在岛国的北方，红绿灯

交换闪烁的间隙，一缕

来自上方的光线刺破了

新近熟悉起来的、

冰雪中肉体的欢愉。

2015年1月13日，札幌

木曜日

越过雪色，你的目光刚好

在街角那块招牌上停稳。

据说这家名叫木曜日的面馆

每周四是歇业的，比如昨日，

我就在这家店前自行消化了

一顿日式的闭门羹。今天就

好多了，这里散发着热气，

吞噬了我眼镜片上的一小块

积雪。在一滩水渍的见证下，

热量小分队胜过了铲雪车。

面、油、调料和浇头都是自制，

大家围拢在灶台的外圈

圈点着各自心仪的品种。

今天是木曜日的后一天，

一碗热乎的面下肚，门帘外

广袤的冰雪世界都与你无关了。

别人的快乐他们要承担，

明天这样的土曜日我们歇息，

他们却在调制上好的面汤。

2015年1月16日，北海道

雪堆上的乌鸦

前几天是一群，今天就一只。
它停栖在一根红色杆子上，
用喙梳理着深黑的毛羽。

那根杆子斜插在雪堆中，
用途未知。我们只知道
它如今成为了鸦群的领地。

这只乌鸦今天落单了，
它的同伴不再聚集于杆子周围
湿漉漉的水泥地面。

乌鸦打算飞出去，翅膀张开，
扑腾起一大片雪的飞屑。
它的夜行衣，雪的素白，蓝天
衬着那根杆子通身的红色。

午后的慵懒光线并不扎眼。

除了雪堆上的这只乌鸦，

再没有别的事物提供暗示。

2015年1月17日，新千岁机场

夜　航

中午紧赶慢赶，差点没赶上
这趟飞往东京的航班。接着，
老天赏赐了一场暴风雪。
我们在机舱里沉默，连狂躁
都省下了。与天斗其乐无穷？
得了吧，看看外面的白色沙漠，
你又不是能长途跋涉的骆驼。
你只能等着，连欣赏日航空姐
曼妙的身姿都可以免了。
等老天改变主意，等时间
额外的补给，或等夜幕降临？
六小时后，你上了另一架飞机，
饥肠辘辘，等着夜航的开幕式。
你被分配了一个新的座位。
你看着身边每一个独行者，
似乎都比你平静；看着每一对
恋人模样的青年，似乎都像昨夜
在你房间隔壁做爱的那一对，

当时隐约传过来的呻吟，如今

变得矜持，改写着你的想象。

耗费了将近一天的时间，

你得把它变成新的乐趣，

就像昨晚一样。何况你已能

马上带走北海道的夜色。

2015年1月17—18日，札幌—东京

健身房素描

头一天下午是独属于他的时辰。
他顺从地将身体卡到蝴蝶机里，
或者坐在对面的水平推举机上
调整磅值，用劲推了出去。
接着在高拉训练机前变身为
使用滑轮攀爬的西绪福斯——
为此他几乎用尽了全身气力。

并不能停下来。尤其是遭遇着
机器零件的撞击，这一场大合奏。
他休息的方式就是把那具肉身搬到
另一台能生出肌肉的钢铁骨骼中；
又或者将手搭在落地窗边仰卧机的
摇臂上，他拱起身躯又将它压平：
那手的半边被点亮，另外的半边
陷入了暗影。在间隙里躺着休息，
他斜睨着夕光在自己臂弯的圆弧间
闪出火的微弱，金色绒毛的细腻。

第二天晚上他重复了这些动作，
除了动用那根燃着暮光的火柴。
他不再去机器上做仰卧起坐，因为
那里如今来了新人。健身房开着窗，
春寒在少女粉红的手臂上撒满颗粒，
带来甜味，如灌木中密布着的树莓。

2015年4月20日

酸甜小史

市声溢出街衢，涌入幽深的
社区花园。音调里，甜裹着酸。
小满前主角是樱桃鲜红的吻痕；
小满后则迎来了大批杨梅，
挤在三角地菜场全部的水果铺，
将色调替换成凝固的暗紫。
还少不了团在粗糙躯壳里
那南来的令人心动之莹白。
果肉紧贴在核上献出汁液，
悄然提供攻占味蕾的机缘；
残余的梗与叶却依然执迷于
最初的摘采。唇造就宇宙的
第一缕光，如树结出果实：
这是独属于铺叙的时刻——
真正被点燃的是石榴嫩枝，
再过几个月，那饱满的颗粒
终将回忆起初夏的孕育期

这扑簌而来的火焰之色。

2015年5月23日

公共浴室

不惧陌生观瞻，不为饮宴聚集，
初夏的清凉眼，投向了久远之初沐。

姿势各异之人，解锁储物柜的隐私。
他们褪下衣裤，蜕下汗臭和皮屑。

健壮的，羸弱的，有纹身的，白净的，
肥胖的，高大的，矮小的，长的短的。

雨雾笼罩经年，丛林里竖起一批蘑菇。
莲蓬头喷出热浪，消存在之永竭。

2015年5月26日

谐律：提篮桥

沥青路面，一年前的暮色再临，
你目涩心寒，为离情扰乱意念。

当时同行众人讨论着党史，为
深切的痛省：担荷囚徒的重任，

如同单核细胞，朝向政治炎症
验证免疫的生效。争执或面议，

直眺于野蛮的远境，如今笙箫
重奏，叶螨蚕食愿景中的枝条。

2015年4月29日初稿，6月改定

| **辑二** | 系列诗

群芳谱局部

花神引

我在翠绿的翅膀下低低地藏着

脚踏罡斗，祭风，清洗瓷器碎片

透明帽檐遮不住额上的蛇

蛇的吐纳最接近我的呼吸，不易蜕皮

从花影里逃出去！我要给你们取少年的名字

隔壁的房间空着，如此宽敞

你们曾悄悄讨论过它是否适宜居住

"那里花木丛萃，雪一年来一次

植物谱上的成员们，都该迁过来"

可是我才是花神啊。专制的花神

年轻霸道的花神。脸色铁青，充满怒意

那夜，"大流星蛇行而仓黑，望之有如毛羽"

趁着天黑，我要把你们统统栽进

我的眼睑里、睫毛里、皮肤里

自由舒展、肆意生长

你们不爱我，我就不让你们再开放

桔梗兰

你腋下生花，花期不定

我骑着蝎子急急赶来

替你治毒。毒已入骨髓，果实不可食

花开八角的传奇，我有所耳闻

今日则亲眼目睹你蓝紫色的花纹

山崖、流水，神经质的僵硬

高过眩晕和柔软

我想一脚揣开湿地的门，带你们远走高飞

甜蜜的勾子。解不开的连环

夺门而去，穿过漫天的瘴气

呜咽声起，欢呼声起

分辨不清的不是我们逃亡的路线

毒、毒、毒。蓝紫色的外衣

咬住不放。此去一途，你会看见

云端飘过走光的众仙

记得闭上眼睛。路有所遇

不要忘记和目光呆滞的人谈话

香菖兰

夜色浮动得慢了。在情节安排好之后
就开始我们的宴会，一切都会明亮起来
其实我不熟悉这样的植物，一旦花开
太耀眼。我怕我会把自己当作瓷器打碎

只是传说太冷，太偏僻的习惯往往难以生长
幻觉堵在路口，我只能绕道举行采摘的仪式
"初夏，叶丛抽花轴，着以数花，
六出浅裂，长桶形花冠，状似菖兰而小"
我无法抵挡这样的说辞，如同难以拒绝酒令

如今离夏天尚远，颜色还淡
还可以记录下你我的谈话内容
让汉字缩小在这种花诸多的别名内
秘密移植到香气之外，充当调兵的虎符
你我一起在荆棘丛中伏击这季节的叛军

石榴花

向薄处生长，向瘦处收集
春末夏初的憔悴
我就这么远远望着，隔着很长的时光
检点细碎的枝叶
猩红的短弦容易崩断
那么惊心的曲子，不要轻易弹奏

那一年的猝然相遇，空气甜腥
凝固在我们中间
灌木或小乔木，我喜欢的植物类属
在果实的顶端、红色或黄色的顶端
宿存之萼，一段完美的生活
细细铺开
在带着咸湿气味的身体里
摇晃，摇到动不了了

"花有短柄，萼筒紫色，花瓣皱缩"
这样的情景呈烟雾状，温暖是一剂毒药

枝端棘刺丛生，阳光耀眼

我一时语塞

白玉兰

落叶灌木。灰褐色细毛和紫色小枝

你残酷地拥有着这样的名字，在高傲的他乡

我的楔形辞藻开始苍白

花朵的背面冰冷，花心温暖

颜色就是道路，我们在通往相同的地点之前

互通姓名，蜷曲在花萼细小的体内

低低地旋转着

城墙朝某个方向黯然盛开，青草长在甜甜的轨道里

词语暗下去，句子的阵脚乱了

你不要出声，不要打扰那些香气的排列

从沙哑到清脆，我们收集各种不知名的液体

喂养微微弯曲的明亮

"单叶互生为倒卵形。白花单生枝顶，具芳香。

我记不住这许多特征，那相思难以驯化……"

土壤偏酸，水湿环境让我多么激动

只是你要适应那短暂的花期

如安静地面对，那年突兀的倒春寒

樱　花

蔷薇家族。道路的两边都是鲜艳的旗帜

那坚定的、强大的荷尔蒙气息

笼罩在浮华城市的上空

你灰暗的衣着和淡淡的装束

绝不似烟视媚行的女子

这是一座花园，我们的花园

小径交叉，早春盛开在匀称的花木里

"宜植于山坡、道路和庭院"

我听着这样的安排，发愣

这是一种轻，轻得让人害怕

属于停顿下来的安静

从这边走到那边，步子那么缓慢

阳光温柔地抖动了几下

环境湿润风烟淡泊，辽阔而盛大的典礼

在你的身后缓缓启动

（本组诗写作时间为2006年11～12月、2007年3月）

夏秋手札

衰老的夏天用种单调的快乐使你裂开，

我们瞧不起沉醉于不完美地活着。

——伊夫·博纳富瓦《戏剧》

广陵散

牙疼的嵇康还在怀念昨晚的西瓜霜含片

"六月廿五，忌迁徙、栽种，

我们的琴声为什么如此颤抖？"

养生学课程不好好学。那年的站台

停不下你那头小毛驴

老阮籍毛毛躁躁的性子也该改改了

怒易伤肝，哀易伤脾

要翻就把整个世界翻过来

迷路可以用指南针。谁叫你

瞪着青眼喝酒，却用白眼生活。

2007年6月

隙中驹

那一年的七夕，水温恰好
够轻轻濯足。你的安排是否妥当
"值此秋来，微凉，风景殊异。"
在这里，在这里等待
大雨。脚步。颤动。等待电光火石的
一击。乐器的脸庞
格外嫣红，红到骨头里的柔弱
抓不住

一张白纸和几行墨字。醉倒的地铁车厢
弥漫着湿气
我只需要这么轻轻地将手抽回来
时间便愣在那里不动

2007年6月

解连环

金质勋章、玉器，脱落的墙体和
蕾丝花纹、泡沫皮肤，包裹着闪光的躯体
这无边的空茫，弯曲的嘴唇

他病得很重，病得找不到自己了
故事没有尾声，关于那些年的爱和恨
都很虚弱，怯懦
而不知所措

轻得记不起当年的重量了
也许是在街头，在前世的宫殿里
或者今生的地铁车厢
那一瞬间，你什么都没说
只伸过来一束，野蔷薇

2007年7月

陇上歌

壮士的马蹄音很脆，你第一次听

陇上的风声灰暗

这散乱的色彩，薄薄地紧贴地面

秋天渐近，那些过去的情节

那些植物：青草、樱花、白玉兰和野芒花

它们都是迅速变亮的事物

在陇上，有人试图复制早已落了俗套的

对话、唱词或拥抱

生命简单，天地开阔。所有的相遇都是可能的

我若碰上你，请你转告她：

"你爱的人像被挤压的水滴，

你爱的人，病得很虚弱。"

2007年7月18日

羽林郎

陌上花未开，草未青。这样的行军速度
有点慢。我骄傲的将军，我的美少年们
你们是这苍茫世界的非物质文化遗产
修我戈矛，薄如蝉翼的春风吹不破铠甲
你们可以放心地操练，演习，整装，上马
为心爱的女人们决斗，收集她们的泪水和欢笑
卷在衣袖里不离不弃

你们可以穿上绿色的袍子，这草色一般的
袍子。挥剑，骑射，夜观兵法，知春秋大义
唱军歌，大声朗诵忧国忧民的诗句
我的美少年们，这明朗的月色刚好
佐酒，猜拳，打猎，过过放纵的日子
怀念好时光，怀念聚散，甚至怀念
贴在所有瓷器上的斑驳的色泽

2007年7月26日

中秋手札

我登高不见月亮，也不见天下微凉
故人疏，故人渐远，信札还停在手心
它烫、烫、烫。烫得胜过百合和菊花的香味

倾斜的高脚杯在这个秋天散布了无数
颓废的谣言，"我将率领台风大军下江南，
要将这片鱼米之乡里的全部河流，
注入我新鲜的血液。"

他跳胡旋舞，用生锈的嘴唇毁林开荒
而我则在一堆现代化钢铁里怀念过去的速度
我说："仲秋风雨无味。"
它已气息微弱，沉默不语
不明媚也不黯淡的归途暮色四合
在夜行衣的掩护下
拿起手机，给一个空号发了无数条短消息
这是唯一被保留的动作

2007年秋

大运河

你只需要听到一种急促的声音

它来自低处，来自断碑残碣：

"自那个暴戾的帝王去后，我便枯萎了。

我的脸庞消瘦，我的绝代风华

顿减。如你们一般，和世界断了联系。"

它眼神闪烁，配合波光的潋滟叙述

我目睹无数尾鱼住进了旋涡花园

大运河是一个幽深的谜团，你解不开

所以怀古是一件不必急的事情

镜头回放之时

我坐绿皮火车来到这里，停在这里

站到这里，在藤蔓之间

断断续续地喘气，我感觉自己，快要散架了

仿佛这古吴越之地吐出的残渣，没有前世

也没有来生，像荒芜的沟渠

不会被挤压变形，也不会老去

2007年9月12日

会稽秋

这个秋天深入到菊花的心脏了

我们同是风中的江南草木，不冷不热

打算和自然法则商量一下，调整花期

你裙裾飘飞，打扫丛生的龋齿

时间的蜜色下颚，平坦如你光滑的小腹

我亦手持兵戈，与这满城的风声对垒，跳干戚舞

我们何曾救出过自己？与世界的谈判

只适合在秋天进行，它肃杀、悲凉、慷慨激烈

我偏要将自己置于高台，受上苍的问讯，姿态不改

我偏要，从乌托邦里抢救出不成器的众神

而我明知我的卑小、固执和微不足道，它们让风景

成为可以取乐的空白。它们拿万物交换，

交换我们，交换……相聚、别离和黑暗

黑暗里，我们在越国故都拥抱和奔跑

我说，我能拿我的不朽和你一起分享吗

2007年10月

霜露浓

美可以没有起点，人生的一场大雾由此开始
遮住的不仅仅是我的光阴和赞叹
往更深处，更浓更耀眼。你的屏风、流裙和尺素
不能驱赶的是风，是半枯的植物和颜色

她意味着雪白、明净、寒冷和忧郁
她正走着漫长的旅途，不知疲倦
难道有什么东西比这更单调，更晶莹，更纯粹？
我们整理这造化的遗物，并编织与世界对抗的声音
她从来都不需要知晓时间的法则，只是加紧，
加紧攫取凛冽的开端，覆盖住通过的痕迹
你通过什么样的取暖来保存自己？
仅容侧身而过的甬道，狭小而阴暗

霜露浓，霜露浓，浓入这个季节的眉心
和眼角。你无法衡量这个季节的体温
于是我们的肉身，充满火焰的味道

2007年10月10日

101

穆天子和他的山海经

精卫辞

我把春天碾薄，为的是
让你能更畅快地带着它飞

桃花如今是满树的
我们拿锁骨交换月亮
到花谢的时候
即使雇不起人点灯
也不用摸黑
在东海之滨搭起高高的帐篷了

我自西山来，背着干粮和木石
亲眼见证过英雄们的暮年
我曾发誓，要和柘木们不离不弃

我们的少年时代闪烁着鱼鳞的光

带上你的水寨吧

陪我，涉江

不周山

几千年前的那场泥石流

似乎还没有从冰雪中苏醒过来

我扇动着翅膀，从高空盘旋而下

不周山脚的花开到了

共工鲜艳的额头

用尖嘴啄开花蕾

喂养森林

不敢北望，不要登台

引来海水清洗打斗的痕迹

等到头皮屑越来越多

发髻上挂不住铃铛了

我要在水里布满海藻的眼睛

和电影院里的商业片一起

盯着残缺的世界发呆

刑天舞

我要换身新的袍子
绿色的、干净的袍子
跳刑天舞

他给了我一只杯子
"喝点水吧，它能让你的嗓子
少冒点烟出来"
我想起了那个叫瓦特的男人
他改良了蒸汽机
眼前的刑天，神色忧戚
为接下来的节奏和动力发愁

我们可以携带马达上路的
不跳刑天舞，还可以胡旋
你先逃吧，越远越好
我会在你斧子的桃木柄上
狠狠地咬一口

穆天子

你吞下去的青鸟，该吐出来了
舌尖的涩味，和藻类植物一个脾性

把瑶池的影子拓下，搬回西山
众多年轻的物种开始驻扎到
此地的别墅群
"我打算在这里长住了，听你的呼吸"

我发动群众去制造柏舟
雕上鱼尾纹，三天三夜不眠不休
去贩运白圭、玄璧
这些东西都不曾在昆仑山出现过

大荒以西的投币售货系统在维修中
快递员操心着远渡重洋的你
那架运送植物的纸风筝
就栽种在我们赖以生存的土壤里

夸父曲

我的酒神，你骄傲地端起高脚杯
颜色暧昧的液体顺流而下
目光触及腮边斑驳的铜花

商场里出售石雕、浮云、精致的
跑鞋和击打乐器
它们有着黯淡的价格
他开始唱，"待到归鞍到时
只怕春深——"

他奔跑、落泪、肆无忌惮地笑
紧紧抓住太阳的小辫子不放
他号召所有嗜酒的人类
驾着私家车
或骑着蚂蚁、青蛙
跳过河水和渭水，到桃林去
做一名愤怒的快乐青年

治水令

远在巴蜀的羊齿植物

细声细气地告诉我

大洪水过后，禹迹茫茫

大禹左脸平原，右脸沼泽

盘着一个王朝最原始的发髻

我们在羽山对弈，他执黑

先行。皱眉，跺脚

"是专家评审制出了问题"

他跟我说，冀州矿难

有一半人白白喂养了兰花

在堤边，我们互换信物

缠绕着他满身的水藻向我说再见

这几千年里，我敲了无数次朱雀门

大禹还是没醒过来

抟 土

我把你弄脏了，我的小世界
里面有被鞭打的痕迹
和色泽。丝丝入扣
阳光闪烁，它的表情平淡而坚硬

女娲从她的粉色小皮包里拿出工具
从镜子里看，我们的美妙江山
它的衣领、前襟、下摆和褶皱
都布满汗渍
她开始甩动绳索，慢镜头里
你我的容颜淡入淡出

铺在泥土上那薄薄的一层绿
亚热带。盛产各种水果
那一年我们开始种植草莓
修复面膜，给这个世界减肥

射 日

白棉布制成的手提袋里

装着十颗发烫的钻石

后羿紧张得手心不断出汗

宴会上的舞步，我的猎物

适合吞食小型怪兽

这场流浪中的厮杀拥有

扁平的情节

我不要朗诵，"一向年光有限身"

那一年的月亮和太阳

出现在同一个地方

夏天很快就滑到天边上去了

那一年的干旱

如丝绸般，慢慢鲜亮起来

奔　月

墨绿色丝巾和黑白木刻

在周末早晨，从水面浮了出来

河伯操琴、鼓瑟

为即将到来的太空旅行

贡献瘦身的鱼类食品

唱离歌

嫦娥翻开桑林地图

后花园，围猎区

珍稀动物保护协会旧址

标记鲜明的地方有巨大雕像群

仓库里脱落的绒毛

迅速后退到我们那个时代

你可以选择携带袋鼠或兔子

口香糖嚼到七分熟

月光皎洁无比

涿 鹿

是日狂风、暴雨兼浓雾
调酒师的衣裙下摆
略微带一点点湿气
蚩尤目光浑浊，他的坐骑
焦躁不安，体温不定

我有十万劲旅，与你相抗
我有强大的荷尔蒙旌旗
足以覆盖传说，足以
飘荡到几千年后的酒池肉林
轩辕氏身披黄袍，左半张脸
用来浸泡自己的秘密
右半张脸寄存在赤峰路的麦当劳里
泥泞的睫毛，不蔓不枝
牵挂着涿鹿地区的花草生长状况

我骑神兽，叼着虎符
奉命而来，在战场的边缘

种植一千种新的植物

桃 木

树下筑巢而居，东海辽阔

神荼和郁垒的生活

从此渐渐好了起来

透明发光体围绕在你的周围

我们射覆、泼茶、浣衣

倒行逆施

手工丝织品在那一年贱卖

度朔山上盛产野味

百鬼喧哗，他们要哄抬物价

桃木板长六寸，宽三寸

颜色黯淡，落满灰尘

定制业务还没有正式铺开

如何关注万物的生死

"我本生性凉薄，不能为此"

焚烧的姿势如此平淡无奇

神荼和郁垒的嘴唇

转成惨绿色

洛 神

洛水渡口的碑文已不堪卒读

你布衣荆钗，过幻想中的生活

一段来不及生长却

胎死腹中的爱情

奔跑的蝴蝶见证了

三月的那场溺水事件

顺着啤酒瓶矗立的方向

我们发现了你脱落的天鹅绒外套

冯夷跑来与我探讨本体论

三生三世，额头上的流水依旧清澈

我手中的万里江山只不过是

商场里打折的毛绒玩具

我手提重兵，涉水而来

只不过是想

亲眼看看洛水之滨的花朵

是闪烁，还是凋零

（本组诗写作时间为2007年4月）

九枝灯

叶小鸾：汾湖午梦

> 你把爱情的红玫瑰
>
> 置于我清白的子官
>
> ——索德格朗《冷却的白昼》①

盛夏盘踞在途，终结了花粉的暮年，
余下的葳蕤，却教人袭用草木柔弱的名字
以驱赶初踏陌生之地的隐秘惊惶。
我的双眼，被如今的屋舍灼伤，
而女性永恒，不理会时序变迁的烟幕。

仆倒的字碑如何测试肉身腐朽的限度，
墓志铭，这未曾谋面的忧郁情人？
用午梦和疏香换取传奇，那个早慧者
逃过了婚姻、衰老和文学的暴政，
躲在暗处，贴上死神阴晴不定的嘴唇。

它被装扮得如此鲜艳和娇嫩，及时地

吐出诱惑的果核，留下才华的残骸，

它种植各种猜测、无知和偏见混杂的幼苗：

死亡的自留地上，要丰盈地收获

首先必须削减枝叶，留下漫长的虚无。

作为供奉，请用另外的形式享用青春。

灵魂蝉蜕使容颜不复衰败，逃离尘世的人

依旧在长的躯体，撑破小小的棺木，

一年数寸，如那株腊梅树轻盈的肉身。

在目睹了人世存在的仓皇和潦草之后，

要如何，才能留开这么一片小小的废墟

供远足人见证本不存在的哀悼。

这些举动如此黯淡：捡拾旧物，带走泥土，

瓦片上的新鲜苔藓，我们的闪烁言辞。②

---

① 索德格朗即芬兰女诗人伊迪特·伊蕾内·索德格朗（Edith sodergran）。引诗为北岛所译。

② 2010年7月初稿，2012年3月定稿。时访同里古镇，至吴江叶氏午梦堂遗址，见明代女诗人叶小鸾手植蜡梅而作，兼呈同游的诗人苏野。

曹丕：建安鬼录

诗人们青春死去，

但韵律护住了他们的躯体

——洛厄尔《渔网》[1]

权力的安慰局促而有限，青春的

不满足，夭折于暮年远未到来之时。

嫩芽楔入树干，吞吐出去年

衰败冰雪的余温，翻译成新的话语。

我未曾真正接近过早春的核，

对远道而来之物，也缺乏揣度和安顿。

信的格式、礼节性问候及鲜亮的汉字，

都陷入真正的忧郁，被晦暗包围——

在死亡接踵而至的建安年。

回忆是一场危险而自欺的欢娱，

更何况，有人贸然预支了白发的生长期。

诗人的蜡烛不是被春夜燃尽，

就是为丰茂的绿风所吹灭；

远游的计划时常推迟，已有过的，

在阵阵驴叫中被重新拼凑完整。

签署友情契约的手一只只凉了下去，

把笔通信的存者，仅能消费过时的墨水。

描述念旧之情倒显得过于轻巧了，

——距离的痕迹一旦被烙下。

那么，我们回到共同的宴会上来？

登楼，饮酒，相思，怀念憔悴的月亮。

在书信中，一切将迈入不朽的虚无，

好在诗已写就。穷尽了这排韵脚，

那些姓名还舍不得从舌头上擦除。②

---

① 洛厄尔即美国诗人罗伯特·洛厄尔（RobertLowell）。引诗为王佐良所译。

② 2012年3月15日作。读曹丕诗及《与吴质书》而作。兼悼亡友辛酉，以及他那过早结束的青春。

高启：诗的诉讼

在严酷处罚下，谁敢说出一句话，
就要把自己视作一个失踪的人。

——切·米沃什《使命》①

故乡的消息总是来迟，还免不了
要湮没在梅花不敢凋败的恐惧中。
同姓、同国籍或同肤色的人们，
共享同一具文明的躯干，而暴政却
偏偏喜欢上了腌制诗人的头颅！

政治通行证的有效期委实恼人，
还刚刚被教会如何去进行新的颂赞，
转眼就为游动的标准绊了一跤：
不被要求像烈女一样保持贞节，
却要出具诗结交了新欢的明证。

你说置酒高台，乐极哀来；你说往事

它如迅捷的闪电一般劈开了共同记忆。

命运的天平上，秘辛与抱负孰轻

孰重？要揭露的，就是这桩桩件件

见不得人的勾当和暗室惶恐的密谋？

法官和政客在没有你的浴室裸裎相见，

他们能给你的思想内裤作无罪的化验？

诗无效的呈堂证供，让你更加愤怒，

连呼吸都不再带有江南潮湿的气息。

为平息新孳生的欲望，经历一段长路，

直到友情提供原始的温饱，你再次忘了

那头怪兽喜怒无常的性情——

别说为诗脱罪以应许一个文学的晚年，

除了处理血污，审判远没有真正开始。②

---

① 切·米沃什即波兰诗人切斯瓦夫·米沃什（Czeslaw Milosz）。引诗为张曙光所译。

② 2012年3月14日、16日作。高启为明初诗人之冠，而卒陷政治污浊中不得善终。感近
日时事而作，兼示同样喜欢高启诗作的诗人徐慢。

李商隐：春深脱衣

那发芽的权杖难道不陪圣神去往山中，

依坡而上，不停攀登，直到最高的山峰？

——策兰《靠近墓地》①

（一）果近

春天丝毫没有要如期离开的意思，

它赖在闰月里等待被文学再次押韵。

五绝？七律？或者骈体文的斑斓？

得问那冢中人，愿用不朽来交换什么。

兑现这个安稳的墓园，用它去疗救

千年来的不眠之夜？换来复活的唇舌，

召唤节节败退的青春？或者想重新

获得一具鲜活的皮囊，迎接漂流的爱欲、

更新的腐烂？于一场历史的夜雨前，

驱除笼罩在家族上空恐惧的阴云？

荥阳郊外，檀山之原，那些消失的

族人魂魄，驻扎着累世的血缘和哀伤。
你撰写好碑文，并用修辞浇灌它们，
直到繁茂的枸桃树枝撑起薄薄的绿荫：
如今墓边的桑葚和青梅半熟，这几颗
诗的浆果迟早也要被命运的流弹击中。

迁徙变成一个徒劳的韵步。回忆要怎样
丰盈起来，与众神的盟契便能自然解开？
这个汉语的苗裔、孤儿，被时间遗弃，
只在连绵的病痛里得到忧郁的抚慰。

忘掉这些包袱里熟透的债、性情的轮廓！
语言的果核早结到了枝头，该去采摘的人，
现在都甘愿患上了自闭症：他们妄图
用撒娇的方式，去结束这个拖沓的季节。

（二）无端

我不会任何一样乐器，即使你曾
反复描摹过她们身体的曼妙之处。
寂静是最好的伴奏，墓园中写生的

123

姑娘们很乐于接受这没来由的眷顾。

苦涩的夕照是大自然赐予的墓志，
鸟群疾掠而过，带走页岩的浅褐色。
地表发炎，皮肤隆起少女试啼的乳房，
山坡却还没有撑开她们性感的花蕾。
又一个青春的漩涡，扎进来还是趟过去：
想象力的学校里，性欲是最好的老师？

它教会我们点燃肉体的余烬，恢复
与世界作亲密接触的知觉：微光还是
烈焰？美酒甘甜，带来久违的晨勃——
虽然你刚拒绝了一桩来自行政的玉成。

歌舞长夜不息，冷意在迷梦里招手，
打翻的烛台像根刺，戳穿黎明的帷幕。
银针蜷曲，织出的锦绣被说成是爱的
遮羞布：政治的驴唇终于安在了男性
不应期困乏的龟头上；你的精液制造出
信仰的死婴，愧对帝国惆怅的落日。

多少中途的分离闪烁在牙齿和舌头上，
它们温故而知新，记得友情及缠绵的
每一个细节，悼念的参照系却愈发干枯，
焦渴的热情已蒸干了新长出来的水分。

（三）芽蜕

只售单程票的暮春深处，冒昧的造访者
要停稳一辆代步的车可不是件易事。
诗不向感情收取燃油费，我们却躲不开
美学的事后审查：它有权怀疑不规矩的
现代诗人在语言中是否实施了醉驾，
并要求翻看我们在修辞上的诚信记录。

墓园不会代为辩护，它埋葬着几个符号：
情种，伤心客，糖尿病人，帝国失意官员；
不称职的道教徒却有个沉湎佛学的中年。
春天一再衰落后，这些都要被抛进高温，

烘烤出由香草、烟波和宿醉和成的面点，
混搭牢骚与传奇，摆上落寞的餐桌；

香气和色泽早已消褪，一如曾有的步履，

那张锦瑟也衰老不堪，声音侵蚀着喉结。

我曾妄图获得美的授权，指挥你的节奏

去攻克虚无，文字的通胀却击溃了我们；

才华这味毒药，使人陷入自身的喘息，

为向隐喻借贷的意义付出成倍的利息。

而如今我爱上了叶片缝隙泄露的光线，

它们即将见证一个季节语言额度的结算。

青果、残荷，接着是秋风和素雪的轮回：

诗神的遗腹子，被命运所拣选的那个人，

你的手杖会再度发芽，挺起诱人的枝杈，

收复汉语的伟大权柄，那阴凉的拱门。②

---

① 策兰即德国诗人保罗·策兰（PaulCelan）。引诗据自费尔斯坦纳《保罗·策兰传》，译者
李尼。

② 2012年5月29日、7月3日作。暮春谒荥阳檀山之原李商隐衣冠冢，取其集中诗题"春
深脱衣"而作，兼示同行的诗人刀刀和刘旭阳。

刘过：雨的接纳

雨在唇间洒落，很久以前

雨就扑向烤焦了阴影的石头。

——安德拉德《阴影的重量》^①

四月是树枝缝隙投到地上的光斑在

闪烁，借着风。午后造访有琼花的

体香相伴，酣眠在这里的诗人要

沉醉得醒过来吗？我们记得他诗中

美人的指甲和脚踝的甘甜，记得他

说"春事能几许？"——仿佛朝着

人群耸了耸肩。十月，我们又一次

迟到，隔着漫长的热季，雨披和伞，

外来者陌生的叩问，诗持续的邀请。

要用到古老的方言、修缮后的新址，

这一趟，嗓音迅速挂到沙哑的档位。

酒则负责磨损健康和抱负，让世界

在阒寂中减速，而大雨洗净了园林

入口的门框，这票据的监视、诗的

边角料。"一枕眠秋雨"，不用担心
被打湿，床铺和被褥都能得到烘烤：
失意者内心捂着欲望的火苗，连酒杯
都浇不灭。友情呢？它兴许会递过来
半截助燃的枯木，一个远行的由头，

然后是简易行囊和分开水面的船只。
雨继续滴落，隔着时空开新的酒局，
这是自然在用自己的方式向诗致敬？
行程单收纳在枕套内，复制了你的：
寻一方好山水，躲开那命运的追杀。②

---

① 安德拉德即葡萄牙诗人尤格尼欧·德·安德拉德（EugeniodeAndrade）。引诗为姚风所
   译。
② 2013年4月作，深秋改定。年内数访诗人丁成于昆山，得以两谒玉峰山麓南宋诗人刘
   过之墓，作此以赠；兼示同游的习儿、汗青和三澍。

阮籍：酒的毒性

出于一贯的嗜好，我们不能容忍戒酒，
公开宣布与安全可靠的趣味为敌。
——帕斯捷尔纳克《盛宴》①

我曾想象到这酿造的水里畅游，星光
打碎在沿岸，能露出呼吸夜色的头颅
可真好。从咏怀诗的章节中抽出两首
辛辣的款式，气息在周围弥散开来，
但不必去谈论：响彻夏夜的那声呼哨，
小酒馆温柔的对待——

手势颤抖，沾满液体的罂粟，隔壁的
美人则是另外一朵盛开的痴迷。关于
这些事物的毒，我们是知道的，我们
要借此祛除情感的伤寒和青春的热病，
"畅饮正在悲恸的诗节潮湿的痛苦"。

秩序，这被渴望、又要打碎的，用来
安放易朽的肉体，镇压胃和血的暴动？

飞起来，飞到没有拘束的时空里去做

一场白日梦——炼金术是彼岸的薄冰，

酒则裹挟着呓语，冲垮了信仰的堤坝。

那一年，有人刚跟世界作最后的道别，

成都，这个三世纪的王国首府黯然地

卸下了最后的心理防线。我们也在此

被缴械，到诗的功过簿上签下了名字。

如今我也能喝一点了，旁观的味觉

终于意识到它应有的使命。是否该

感谢这份独特的赠予呢？在平庸年代，

风暴集结于酒杯中作最热烈的泅渡。②

---

① 帕斯捷尔纳克即俄罗斯诗人鲍里斯·列昂尼多维奇·帕斯捷尔纳克（Борис Леонидович
Пастернак）。引诗为顾蕴璞所译。

② 2013年7月，成都返沪后作。给嗜饮的徐钺和安德。尝与二人于京、沪及成都聚饮，
诗酒论交，今散落三地，难以尽欢，作诗遥寄。

孟浩然：山与白夜

毕达哥拉斯勤奋的弟子们知道：
星辰与人都一遍遍往复循环。
——博尔赫斯《循环的夜》①

茶叶刚伸直身体，杯口冒出的热气
已朝桌子散布了消息。关于来路
和归宿，时间深河冲起历史的钓竿，
甩给我们一个咬住鱼钩的好机会。

午后，烦闷干渴的光线笼罩着人类，
而那一年，峰顶的树影盖过了缓坡，
盖过所有的昼与黑夜。这次相遇又
导入同一个话题，了望了诗的远景，
如当年隔着春雾仰眺城外的山那样。

不过是离天空近了些，这唐朝人就
陡然生出那许多的感慨：看时序的
轮替和事物的生灭，总要隔些年月
才显得更清晰。这样的循环里，我们

要共同以"青年才俊"的面貌，作

语言的争胜——与萧悫、王融、何逊，

甚至我们的后辈。在某处，古老的

法则和修辞以另一种形式意外归来。

隐藏自己是一场更深的误会。诗的

棋盘上没有任何一颗闲子，青绿山水

又怎能在纸面露出洞悉奥秘的微笑？

我们嚼甘蔗细的那头（前提是剥开

汉语的紫色深衣），并不甜美的汁水

溅满整个房间——它带来一抹浅亮

瞬间使我们拥有了一个白昼般的夜。②

---

① 博尔赫斯即阿根廷诗人豪尔赫·路易斯·博尔赫斯（JorgeLuisBorges）。引诗为陈东飚、
陈子弘译。
② 2013年夏自川返沪后作，暮秋改定。致诗人哑石。睹孟浩然登岘山诗"人事有代谢"
句，忆2011年青城山之游，兼怀同行的岭南、川中诗友。

庾信：春人恒聚

当我倦于赞颂晨曦和日落

请不要把我列入不朽者的行列

———庞德《希腊隽语》①

兰成……这华美的表字带给后人的，

除了传奇故事，还有历史的共振？

奇妙的标识，笼罩的命运，伸——

出去的手，湍急的喘息和乱局。

公元548年，铁制面具的寒意让诗

蒙上了一层薄霜，心智的溃败比之

一千四百年后同名号者的出奔又如何？

回到温暖的南方去！那里有十五岁

最初的绮宴，铺陈完美，刚露出一角

绸缎细密的织纹。而岁月晏安，适宜

采摘林中野葦，挑破枝头嫩红的新鲜，

游春的人来回拾取聚会后留存的喧闹。

诗人只用了几个精巧的对仗，王朝的

偏安便陡然获得了无数赞美的丰赡。

然而我们目睹过你的逃亡，它带着
柔弱而细腻的宫体嗓音在呼救。灯影
细微的摆动，足够清扫挫败感仅有的
残渣——天分是迟来的礼物，无补于
修复时局，但可以给六朝以一个理由，
来赎回文学的橘树，在北方的铜镜中
留下摇曳的虚像，孕诞出绵长的甜味。

是的，你深谙日升月恒的规则，屈服于
这永恒之力，直到苍老降临，诗的近视
居然得到了意外的治愈。我们该重提
晚辈们奉上的恭维吗？不朽者厌倦了
时间的反复无常，歌舞能唤回十五岁或
二十五岁颤抖的青春吗？而游园与赏秋
作为传统剧目将被无限期共享和保留。②

---

① 庞德即美国诗人、文学家艾兹拉·庞德（EzraPound）。引诗为西川所译。
② 2013年8月草拟，深秋再改。呈诗人柏桦，整个夏天我们曾多次言及诗人庾信，谈到
　汉语的典丽与悲怆，在互联网上，在他成都的家中。

沈复：浮槎遗事

谁看见水的花朵那要命的宏大之数

在水的地板上移动？

———史蒂文斯《充满云的海面》[①]

临海的山是大陆伸出的手指，它一旦

用造化的臂力抓回浅滩，我们就要

彼此成为孤独的岛屿。何况诗的失忆

至多算是惭愧的疗救，从这里的出走

只接近过梦幻余生那焦躁的边缘——

最艰难的一步是从疲惫中醒来，哀愁

成为命数的燃料，而你所记录的浮生

并不见得比航海日志更接近天地本然。

一艘海船如今稳稳地泊在全面失守的

中年，远方的景色比起室内、园中或

旅途的风尘，被赋予了更高的乐趣。

散文决定了航向。随着十九世纪远去，

它们差点湮没于集市的冷摊，而作者

出海前正遭遇着来自日常生活的风暴；

另一些丢失的手札上据说还存有墨色

正在枯萎，证明你曾涉足偏远的海国，

并研习过养生术以便适应未来的生活。

有人将这样的历险视为闲情，似乎

远比从山腰朝南方海域眺望要安全。

新的危机是来自同代人的艳羡，他们

失陷于激动人心的客套与虚伪的表情。

果肉吞着核，水饺藏着馅，宴会的细节

能再次包裹我们的脆弱，使海边轻声

交谈的人只醉心于你隐约透露的逸闻。②

---

① 史蒂文斯即美国诗人华莱士·史蒂文斯（WallaceStevens）。引诗为陈东飙所译。

② 2013年11月，秋凉中作。重阅沈复《浮生六记》，以出海、养生二记佚文公案，衍成
此篇。并及两年前与梦亦非至深圳西涌观海事，兼致同游。

罗隐：称华辜负

寻找你灵魂的影子，从她学会

按新的尺度安顿我的激情。

　　　　——塞尔努达《致未来的诗人》①

故园无非是个熟悉的地址，你默认，

朝它投递的书信都必然会有回音。

热眼在冷遇中朝世界睁开，你沮丧，

尤其是在末世。又一个纷乱早春。

江风吹拂花萼。它们醉心于病弱，

无法胜任节候信使之角色的差使。

流水在远处平铺于沙哑的河床，

酝酿起伏波涛，如你的讽刺术。

我们几个在富春江边眺望了一会儿，

那样就能和你发生点联系？

以后死者的谦卑，后来人的傲慢？

你领受最古老的教诲：道因无情

而取胜，它柔软如岸边低垂的柳条，

胜过多少花朵，挥霍带露的鲜艳

而不自知。花萼和花萼的阴影，

谙于制造气味的深渊，新的反叛。

帝国版图遍布野心家，都是功名

门径，但你依然过不好这一生。

太平匡济的一揽子计划，远不如

民间为你编排的全套传奇脚本那般

来得有趣。从此安心做一个配角吧，

"具是不如人"，他们却相信失败者

随口说出的谶言：在乏味的今日，

唯有诗，提前将激情抛到了远处。②

---

① 塞尔努达即西班牙诗人路易斯·塞尔努达（LuisCernuda）。引诗为范晔所译。

② 2014年春初稿，时作富春江上游；岁末定稿于日本东京练马区。罗隐为唐末诗人及道家学者，籍贯传为富春江流域之富阳（一说桐庐），历经乱离，一生颇富传奇色彩。兼致同游诸诗友。

李贺：暗夜歌唇

在夜里枫树叶子像磷一样闪烁，

雨水打湿了暗处歌手的嘴唇。

——扎加耶夫斯基《没有童年》①

烟焰消歇，并不全因雨水的笼罩。

你目睹沿路灯盏渐次熄灭，又泛起

磷火的冷光，在诗之郊野，词的

密林。——它们飘散如琐碎的秋尘。

这是驴背生涯最好的景致，旅人

在长夜里获得的更为私密的温存。

何况此处的全部还能为想象所滋养，

属于另一个世界，允许梦的遴选。

周身岚雾扫在陈旧的行囊上，打湿

写满新作的纸张。你想起以前

饮过的烈酒，佐酒的歌姬，嗓子

和嘴唇，嗓子与嘴唇之间的脖颈——

那一抹亮白，辉映着积年的寡欢。

现在，这些都如雨一般倾泻于此。

暗处众树列布，藏着哼唱谣曲的
山鬼、木魅或美艳死魂灵，不同于
那未曾听闻、来自异域的海妖：你
心志坚实，无惧于她们声音的迷惑，
而选择将世俗给予的敌意视为畏途。

但这路终究要走下去，穷尽一世
微弱的可能性，并在对各种音乐的
聆听中分辨出快乐的丝弦，聊度
这突如其来的今生。直到对人间的
眷恋，汇聚起所有的虚构之物。②

---

① 扎加耶夫斯基即波兰诗人亚当·扎加耶夫斯基（AdamZagajewski）。引诗为李以亮所
  译。
② 2014年秋，读李以亮译扎加耶夫斯基"在夜里枫树叶子……"两行，思及李贺"玉堂
  歌声寝，芳林烟树隔"诗而作。更有李商隐句"歌唇一世衔雨看"，感于二李诗学渊
  源及李贺平生之所致力，因借以拟题。

140

钱谦益：虞山旧悔

码放好这些词语

在你的心灵变得像岩石之前。

——斯奈德《砌石》①

枉称国手，救不活这乱世枯棋。

现在你老了，在外祖旧日的庄园，

就着那棵开出花朵的红豆树

忏悔平生的恨事：党祸，罢归，

丁丑之狱，甲申之变，乙酉失节，

楸枰三局里人心的澌灭……

帝国南端的海岛却让你老怀

安慰：一座是园中红豆树的来处；

另一座，是大明最后的归宿。

更不必说身旁风姿仍在的美人，

多少年了，衰老的心脏依旧

怦然于那年冬天半野堂的初逢。

接着是我闻室之春，芙蓉舫中

催妆的满船瓦砾，绛云楼之火，
以及白茆镇芙蓉村间苏醒的春神。
最后，你来到拂水岩下，将
毕生的诗，书写到苔藓和石缝，
我则在墓旁瞥见一枝孤零之萼。

遗民？这冠冕属于你的不少友人，
而不是你。一湖的冷水至今还在，
王朝已更替了几轮——这件事
堪称最好的幽默，你诗的技艺中
绝佳的点缀。二十年过去，历史
为灵魂安排了暖春，让你安心

与世界道别。三百多年也这么
过来了，山水已懂得与时俱进，
没有什么主人，只在乎资本的
诚意。我失落于虞山的夕照，
失落于不可再得的历史瞬间的
每一个决定。我，邀请你见证。②

① 斯奈德即美国诗人加里·斯奈德（GarySnyder）。引诗为西川所译。

② 2013年春，游虞山，于西南麓拂水岩下见钱谦益、柳如是比邻二墓。钱墓右前方有近年所建石亭一座，上题钱诗"遗民老似孤花在，陈迹闲随旧燕寻"一联。2015年夏，于微信中睹王晓渔贴其所见如皋水绘园楹联一幅，即是此联。因忆虞山旧游而作，兼示常熟诗友。

| 辑三 | 诗之余

茱萸访谈录：辩体、征用与别有传承

茱萸v.s.秦三澍

秦三澍：翻看你第一部正式出版的诗集《仪式的焦唇：2004－2013诗歌自选集》，我发现你的诗（尤其是早年）是较少直接来处理现实经验、像2011、2012年的，《咸鱼书店》《黑暗料理》中那样的题材。更多时候，你在处理离我们生活较远的、让我们感到某种异质性的内容。比如，你的诗中有很多时候都在和古人"对话"：《穆天子和他的山海经》这样的系列诗里，你做了一次"重述神话"的尝试；《夏秋手札》则是你对古人生活方式和言说方式的一次集体性呈现；近一年内写作的《九枝灯》系列，更显示出汉语古典文学序列及传统与现实经验的对接。从中我发现，你并不是按照我们惯常的思维，去书写和呈现所谓的"古典"意象和模式，而古人的旧事在你的诗中，也是处于一种业已设定好的现代语境中，"现代"与"古典"形成一种并置的结构。比如《穆天子和他的山海经》里面的神仙，都过着现代人的生活。你似乎在借用古人的躯壳，来表达现代生活的新意？对这种诗歌话语，你自己有没有什么认识和评价？有没有诗学上的自觉？

茉莨：以我的认知，对一个诗歌写作者来说，首先要考虑的，不是去处理什么样的资源，而是手里有什么资源可供我处理？对于我们更年轻一代的写作者来说，你没有直接亲历过社会上波澜壮阔的变革，甚至说你二十多年的现实经验可能都少得可怜，遇到这种情况怎么办呢？就要在生活中为写作做准备，去"丰富地"生活。就像刚才我们聊到的，生活中的每一个步骤，每一次失败或每一次沮丧，可能都能为你带来写作的养料，这是第一。你手里有什么资源，就先去处理它们，这也是一个非常好的学徒期的历练。所以，我在2008年以前的那几年，也可以说是写作十年中的前半段，我更多地还是在处理自己的阅读经验，还有情绪——情绪是有的，没有事件也可能有情绪。情绪，阅读经验，以及审美等等。

《穆天子和他的山海经》，这组诗有十二首，它的表达方式，其实有点类似于鲁迅的《故事新编》，你刚才也提到了。鲁迅的《故事新编》有什么特点呢，它"新"在哪里，在于它不仅带有"现代感"，而且兼有一种"戏谑"的眼光。我里面写的一些情形，也是不乏戏谑色彩的。在我的认知谱系中，诗是一个包罗万象的东西，小说能处理、能达致的效果，诗为什么不能达致呢？所以我试图去处理这个东西，也是来自"阅读"这样的间接经验。并且，这首诗里呈现的语调很轻松，包括女娲的"粉色小皮包"，我想让这种非常庄重的场景变得很当代，更贴近当代生活。这里面就有一个问题，我把女娲换成别人可不可以呢？也可以，但就没了这样子的间离效果，缺乏某种戏剧张力。在这种经典神话的系统里，《穆天子和他的山海经》更像是一次小试探，让它显得更轻松，更现代，这是我2007年写作尝试的目的，也是在处理一种阅读经验，或者说是处理我当时的思考成果。

至于《夏秋手札》这个系列，其实是也有一点《穆天子和他的山海经》这样的味道，比如我写阮籍，"老阮籍毛毛躁躁的性子也该改一改了"、"瞪着青眼喝酒，却用白眼生活"等。它在写作精神上，是和《穆天子和他的山海经》一脉相承的，只不过可能更多了一些现实生活的触发点。里面有些诗，你完全把它当作和古典没有关系的诗。

《九枝灯》这个话题，我想说的比较多，放到后面。你所说的，借用古人的躯壳，表达现实生活的新意，这个判断倒也没什么错，但我觉得不准确。准确一点说，单前面说的两个系列而言，首先是在这种旧躯壳中看到了它被幽默化的可能，然后用这种有点顽童式的心态，把它们笼罩在现代话语的叙事里面，造成了一种新鲜的效果。我觉得像我们这个时代的写作，它其实跟传统的或古典的东西关系不大，那些东西只是一个原型或起点，不管神话故事还是古典性的场景也好，都只是起点。我用现代生活经验把它们改写了。我这些写作，从"辨体"的意义上来说，还是"当代诗"，还是当代场景。只是从一种文本经验出发，最终返回到了当代生活的现场，也许这样的表述会比较准确。这是我的一个自我评价。

秦三澍：我前阵子看到微博上，诗人叶美说起你的写作，她认为你在新诗的古典性接续这方面做了很大突破。包括我刚才的问题，其实也指向类似这样的一个更抽象和宏观的问题：新诗写作中对古典资源的现代转化。我记得你在2010年的年底写过一篇文章，叫作《临渊照影：当代诗的可能》，这篇文章后来发表在《当代诗》第二辑上。在文章中，你做了一连串很重要的"问题史"的梳理，你要重估汉语新诗的"传统"究竟是什么，或者，"古典"究竟是什么的问题。我想，这篇文章中呈现出来的你看待古典的眼光，跟我上述提到的，以及其他新诗写作实践，本身是可以互证的。那么，在具体的写作中，古典传统压根是无法"接续"的么？只能采取你的写作中已经呈现的这些努力？如果你认为古典传统是可以接续的话，你又认同怎样的"接续"或"征用"古典资源的方式？

茱萸：你用的"征用"这个词很好。《穆天子与他的山海经》也好，《夏秋手札》也好，甚至我的一些像《池上饮》这些

150

在通常意义上偏所谓"古典色彩"的作品，对我而言，更多时候不是在接续传统，不是在接续古典资源，而是在征用古典资源。换句话说，我的思维，我"戏谑"的方式——戏谑，是文学的某种"当代精神"——的属性还是"当代诗"的，跟古典没什么关系。我只是在写作中征用了这方面的一部分资源。

说到与传统的衔接，这个问题挺大的。这四年来，我们汉语诗界的同行们，一直在说，要跟传统重新建立一种联系，但实际上，就像我在《临渊照影：当代诗的可能》那篇文章中谈到的，什么是传统，什么是古典诗歌的传统，我们都还没有足够的共识，还没有足够地去理清思路。在这个时候，奢谈传统，奢谈与古典续接，我觉得有点胆大。换句话说，什么样的传统、谁的传统，它的内部风景是怎样的？你接续的是什么样的传统，你接续的是谁的传统，你接续的是这个传统中的哪个部分？你给它减少或增添了什么？等等这些，都是需要详加辨析的问题。

但是至于我认为这个传统是否能"续接"，我觉得是这样的：这些年我们的同行在这方面做了很多努力，也取得了一些有目共睹的效果，但是这个问题，我大概是觉得，是没有必要去问的。因为在每一个诗人的努力过程中，就可能重建或呈现出一种他个人、他所认为的传统，他的知识系统或认知系统中的传统，而不是一种普遍性的传统。每一个有志于处理古典汉语经验这份遗产的诗人，他们面临的问题可能都是不一样的，每个人看到的都是这头"大象"的不同部位，所以我们现在都是在"盲人摸象"，我们都没有看到它的全貌；极端一点来说，它的全貌甚至是我们根本无法认知的。现在的问题是，我们怎么能在我们所能摸到的这块小领地上做到最好？

秦三澍：其实你刚才所讲到的习惯于"征用"的资源，大抵还是指我们的古典诗文传统。但是，在那篇文章中，你在清理了这个"问题史"后的观点是，汉语新诗的血统，可能更接近欧洲诗与欧洲诗的汉译传统。那么我觉得，虽然在习惯上你更喜欢到汉语古典中去找资源，但在观念里你是不是更加认同这种与西诗的亲缘与相关的可能性？当然我知道你这篇文章写于三年多前，关于这个问题，到现在，纯从观念上来说，你有没有什么更新的看法？

茱萸：对于一个写作者来说，思考你提出的这些问题，似乎不是那么重要。因为即便思考清楚了，落实到写作中，很可能依然还是无法生效。往往是有一些人，根本没有思考过这些问题，他反而处理得很好。从观念上来说，汉语新诗百年来的传统，或当代诗三十年来的历程，看上去，它们都像是一个"爹不疼娘不爱"的东西。换句话说，它们似乎跟我们的以诗为主的汉语古典文学传统，仿佛有这么一层若即若离的亲缘关系

（因为它们都叫"诗"嘛，享用了一个共名），但它们和汉语中的西诗和西诗译本，在体例、思想、理论和伦理上，仿佛也有一种暧昧不清的联系。但现在的问题是：从晚清以来，整个汉语的语境，就经历过一个大的震荡期，所谓的"三千年未有之大变局"，不仅指世界格局、政治制度和世道人心，也指语言文字和社会风俗，那么我们所面对的这百年来关于汉语的经验，是非常混杂的经验，我们很难去甄别这经验中什么是原来既有的、什么是后来外来的，尤其是到当代，我们现在的生活方式可能离欧洲、美洲更近，而离中国的古人更远。在这个意义上来说，再去分辨诗的参照系或经验源是离东方更近，还是离西方更近，可能是没有多大意义的。这大概是我近年来关于这个问题的思考的一些转变，至于解答，我当时没有答案，现在也是没有答案的。

我觉得大家过于执着去处理前面这样的问题，它构成了一个焦虑；但实际上，它可能不构成焦虑，就像我前面说的，不考虑或没想通这些问题的人，他可能也能写出很好的文本，提供给汉语以新鲜的经验。现在看来，我们就把汉语的现代诗和当代诗看成一个全新的东西就好了：它跟东方经验有关，跟西方经验也有关；它跟古典资源有关，跟现代资源也有关；它跟欧洲视角有关，跟中国视角也有关——不需要去管这些的背后到底是怎么回事，我们把它当作一个新东西，从头再来，譬如改朝换代了，是

153

一个全新的王朝，王朝可能跟过去、邻国和国民都有藕断丝连的联系，但是不重要，我重新制定这个国家的法律。这样，合法性焦虑就没有了，汉语诗走到今天，可能恰恰到了一个"自我立法"的阶段了。古典也好，西学也好，它们只构成资源，但不构成背景性焦虑——我们从头再来，重新立法，自己确定自身的法则。或者正是在这个意义上，诗人迎来了自己的黄金时代。为什么呢？因为汉语的版图里，有一大片疆土等着你来开拓。你不需要陷入一种跟我们的古典诗人对比和竞技的焦虑之中，他们的强力，能对你的阅读构成影响，但对你的当代诗写作施加的影响就能变得较小了。你是一个自我更新的立法者，处在一个确立法则的开拓时期，不需要跟古典诗的作者们去争胜，因为你可以将大家所处的系统看成两个系统。我们已经进入一个自我立法、自我确认的阶段，你怎么写都可以，没有禁忌，没有权威，也没有说非要这样而不要那样，大家都在确立自己的法则，都在"圈地"。其实是这么一个阶段。所以这两年，在那篇文章提出一系列的问题之后，我恰恰没有那么多问题和焦虑了，我将它们抛开在一边，而进入一种各种尝试的阶段，包括我自己的写作，包括同行们的写作。汉语诗已经迎来了一个非常好的时期，处理混杂的现场和当下，处理多样性的现实、声音和经验，这个时候，就看谁"嗓门更大"，谁具有更强势的提出和确立新法则的力量，就看这几代诗人的共同努力是否能缔造出新诗第一阶段的清晰面貌。我们处在一种回到最初、回到源头而立法的阶段，我对此充满信心。

秦三澍：接下来我想和你谈关于你诗歌题材的问题，刚才我们谈到了一部分，现在我想谈谈"草木"。你的很多诗都包含草木，譬如写于2008年的《卉木志》《白蔓郎》这个系列；甚至直接将植物作为抒写对象，比如写作时间更早的《群芳谱》组诗。刘化童在一篇题为《通过植物茎管催动诗歌的力》的评论文章里，认为植物在你的诗中有一种普泛意义上的图腾意味。作为一个以植物为笔名的诗人，你可以结合自己的生活认知，来谈谈"草木"对于你个人以及对于你诗歌的意义。

茱萸：我有十多年的乡村生活经历，"草木"当然也是这曾经亲近过的乡野记忆的组成部分。然后，诗人部分地僭有为万物赋名的权力，这"万物"中自然也包括自己。具体到个人自我赋名的缘由，"茱萸"首先确实是"草木之名"，而一个写作者的借用和僭用意味着什么呢？他试图以此而获得草木贲华般的生生之德？其次，它还是"柔弱之名"，老子"坚强者死之徒，柔弱者生之徒"的教诲，是否能为这样的名提供一个合法性来源？第三，植物学意义上的"茱萸"具有辛烈的香气，且具备药用价值，君子之德隐然在兹，袭用此名也是一种自我勉励；最后，还有一层看起来更为随意的含义：在祖传姓氏"朱"之上加一个"草字头"，也意味着诗人能拥有的最高的奖赏或许是一顶荆冠，它时刻提醒着我们应该有的姿态。嗯，或许还有更大的私心：这同时是一个得自于自己的、独一无二的姓氏。为何需要有一个笔名呢？它将俗世意义上的这个人和书写意义上的这个人区别开来，作一种身份的自我标识。这种行为的背后或许暗藏精神分裂的因子，也或许得以见出自我净化的野心和企图。

刘化童认为植物在我的诗中有一种图腾意味，这个观点，在整体意义上我认为是符合我的自我预设的。不过具体到细节，还有些别的话题可以谈。比如我在2007年、2008年写的，《群芳谱》系列、《卉木志》《白蔓郎》……为什么会用"白蔓郎"这么古怪的名字呢？它其实是荼蘼的别名。包括像《喂樱桃》，这首诗的第一节两行，写的是樱桃的性状，其实就是植物学意义上对樱桃的定义，什么科什么属，这样那样。这里面包含了我的机趣和设想，就是"博物学意义上的诗歌写作"。只不过，博物学的范围太广大了，我选择的是我比较熟悉的植物。我试图在诗里安放作为一个蹩脚的博物学家的小野心。当然，这些植物在我的诗中更多时候是知识化的植物，是博物学和植物图典上所记载的类型植物。我怎么在诗中来赋予看待这种东西的乐趣？所以我对"草木"的关注，更多时候是一种间接乐趣，基于博物学的间接乐趣，而不是自然主义意义上的、与草木直接亲近的乐趣。

在以上意义上来说，我与"草木"的关系图谱，不像陶潜和王维这一类的处理方式，也和华兹华斯等英国诗人与自然作亲密接触的传统关系不大。我昨天在民生美术馆听到今年四十岁的英国诗人亚当·福尔兹（AdamFoulds）谈到他文明体系中的自然主义传统，但他自己却声称，更喜欢通过诗来放大事物的细节，以改变人们观察事物的角度——在这种放大中，你并没有发明新东西，也没有扭曲自然物，而只是给观察到的东西披上了一层光晕，借此来突破人类感官的限制。我想，这就是现代主义以来诗处理与自然关系的方式。

至于"图腾意味"，可能是因为我写了很多关于植物和花朵的诗，加上自己又取了这么一个"植物系"的笔名，使得我对"草木"的书写，似乎和这些东西都有了呼应，有了"化得身千亿"的味道。这么阐释是没有问题的，但是就本质而言，这就是一种博物学、知识性的写作，它不是对植物做直接处理，而是对关于植物的知识与审美的处理。

秦三澍：你刚才谈到了很多，但有一点，你自己似乎没有提到。根据我的发现，你很多诗中提到"草木"的时候，会和"汉语"这个抽象的词结合起来表达。你在一首诗中，很明确地提到过，我记不得具体的句子了，大概是说"在汉语的内部遭遇流水与芳草"？这几句诗中信息量非常之大，其实你在提示一种资源调用的可能性。而在此前提下，你是否在"草木"身上附着了自己对（古典）汉语的某种想象？

茱萸：那两行诗出自《风雪与远游》，原句是："如今，我们在汉语内部遭遇芳草、流水和暖红，／无处不在的现代性，那非同一般的嚎叫。"你说的这个点，当然是有的。我们的古典诗，有一部分，就是关于山川草木的经验和记忆。如果非要二元对立来谈的话，山川草木，是反工业时代、反现代性的，但我本人不是一个现代性的反对者，我恰恰是它的一个有限度的拥护者。但是我为什么回到草木那里去呢？是因为下意识里我大概觉得，"草木"跟我们的现代社会尤其是它的"钢筋水泥森林"有所距离，它成为我安放身心和想象力的一个去处。该以一种什么样的方式和想象来飞跃出这个工业社会呢？而"草木"则在丰富我们的经验。

至于在诗中将"草木"和一种汉语可能性连在一起，我自己大概是无意识的。经过你的提醒，我想确实可以有所解释，因为草木的更新、能生之力（所谓的"离离原上草，一岁一枯荣"），它的枯荣变换和自我更新，恰恰是汉语所要面临的命运、任务和远景。然后，像《风血雨远游》这样的诗，它不仅是一首处理经验的诗，还是一首讨论诗的诗，是一种严格意义上的元诗，关于诗的诗。不管草木也好，还是神话也好，或者古典意象或世俗经验，它们在很多情况下，都被我处理成了一种诗的养料，都是为了我写一首关于诗的诗来服务的。

秦三澍：其实你有很多系列诗，往往集中表达了你的诗学观照。接下来我想谈谈你最新的一组系列诗《九枝灯》，从中我们可以看到某些新的、更激进的尝试。它们的直接书写对象，比如叶小鸾、高启、李商隐、刘过、庾信、沈复……这些都是中国古典文学中的重要人物（至少你的诗告诉我们，他们是你认知中具有文学史品格的人物），在诗中，通过与他们的某种隐秘的对话，你似乎在揭示一些重大的、带有形而上意味的题材，如"青春"、"死亡"、"不朽"、"汉语的权力"、"诗歌与政治"、"代谢与循环"等。而在每首诗的开篇，你都会引用能与整首诗构成互文关系的西诗诗句。西诗引文和古典内容的并置，对你意味着什么？你想要由此体现你怎样的诗学观照？

茱萸：先说《九枝灯》这组诗每一首的题辞引文。我前两天因为一件什么事情，跟朋友聊到阑尾这个话题。我朋友认为，正常情况下阑尾最好还是不要割，虽然它没什么作用，但造化生成了这个东西，肯定有它的意义。我借这个说事，这些题辞引文其实就有点像阑尾，你拿掉它们，诗本身也是成立的，但它们出现在那里，肯定有其意味。具体的意味，我也不明确，只是我写一

159

个题材的时候，会联想到与之有关的外国诗句，很奇怪。比如，我写叶小鸾这首的时候，就下意识想到索德朗格《冷却的白昼》里头"你把爱情的红玫瑰，/置于我清白的子宫"这两行，它所传达的内容，其实是和我这首诗所写的题材和意味，是有呼应的，即便是这种呼应中隔着中西文化的鸿沟，但我把题辞放到了这里，它还是产生了某种共振，这种共振我是有意识来为之的。

非得要提炼的话，《九枝灯》中的作品，确实如你所说，能用一系列清晰的主题词来概括，比如代谢、青春、死亡等。但是我自己并没有这样去阐释过，我怕一阐释，反而会使得这样的写作变成一种精巧的设计，缺乏与词语与世界相遇时的原初性格。实际上，我在2010年写出、2011年改定《叶小鸾：汾湖午梦》这首诗的时候，我都不知道自己下一首要写谁，会有一个怎么样的触发和机缘。这组诗每首的后面都有一个尾注，这种尾注中，写了我的触发机缘、写作缘起与题赠对象。我不知道在新诗中有多少这样的例子，对我自己而言，这是一种新的尝试，安放了很多想法和抱负，但这些想法和抱负，并不是每一点我都那么确定和清晰，自己其实也是朦朦胧胧。

写叶小鸾的时候，是因为我2010年春夏之交去了江苏吴江，叶小鸾家族（吴江叶氏午梦堂，明代重要的文学家族）的聚居地遗址，我在那里有所感触，触发了我写这个题材。当我写它的时候，有一些主题和材料进入了我的脑海，比如青春和死亡，比如

160

叶小鸾这样一个少女型诗人在当时和事后被赋予的传奇性，以及这种传奇性所带来的对诗本体的探讨。正是在这个意义上来说，《九枝灯》系列中的这些诗，都可以称之为元诗，既关乎具体题材，又关乎对诗本体的探讨。不过，在写完甚至改定了《叶小鸾：汾湖午梦》之后，我对第二首类似的诗都是没有任何写作计划的。所以，至少在《九枝灯》写作的前期，我并没有一个整体的精巧设计，直到第二首的出现。

　　按照时间顺序，第二首写的是曹丕，一位帝王兼敏感的文学家。那阵子我翻书翻到了曹丕的《与吴质书》，这是一个经典名篇，大家应该很熟悉。在这封书信中，作为皇帝的曹丕，与友人聊起建安年间的旧友，感慨时序变迁、故友零落，而权力依然受制于永恒的自然规律，于此无所作为。那阵子刚好是我的一个诗人朋友去世一周年，这样的一篇东西牵引了我心中对亡友的怀念，产生了一种共振，所以我就写下了《曹丕：建安鬼录》这么一首诗。这首诗是关乎友谊和死亡的，它和前一首诗有共同的部分——跟死亡有关，但是它又多了一个东西，就是友谊，以及跟我们的境遇、我们对这个世界的认知有关。这就是第二首诗，它也不是一个设计出来的东西，但是在体例上，我后来把它们调整成一样了，所以我在《曹丕：建安鬼录》中也引了两句："诗人们青春死去，但韵律护住了他们的躯体。"就是我觉得罗伯特·洛厄尔的这两句诗所描述的那种情境，和我当时的想法非常像，换句话说，我悼念的这个故人、亡友及青年诗人，也可以完全用洛尔厄的这两句诗来表达悼念。在这个意义上，我把它放在这里，期许能够多增添一些丰富性、歧异色彩，以及边界模糊的"发酵"效果。

从"发酵"这个词上来说，《九枝灯》里每首诗的题辞更像是"酵母"，我们汉语的写作往往能通过外来的视域来发酵出某些新鲜的东西和经验。这是我的一个阐释。还有你问我这种"并置"意味着什么，我意识到这里面有很多丰富的褶皱，但是这褶皱究竟是什么，作者的阐释权力其实和读者一样，并无优先性。我一直在尝试，所以《九枝灯》到目前为止的这九首诗，还共享着这样一个非常奇怪的体例：至少我没有看见谁的三十行左右的诗里（写李商隐那则相当于是三首这样体量的诗的组合）有那么多题辞，还有后记或者说尾注，标题也不是单一结构，而是以人名加短语的形式。我还没有见过谁做得这么复杂。因为这层缘故，有人将这组诗批评为"繁复"的集大成之作（哈哈）。其实我在这里面安放了很多"别有深心"的设想，可能批评者还不能这么体贴（当然作为作者我也没有权力这么要求），也可能是我自己呈现出的效果还没有让人非常鲜明地意识到它的好处。

秦三澍：你讲到很多你的抱负和想法，我觉得有一点你没有提到，恰恰又是我的一个发现：你刚刚提到尾注的问题，尾注对于你来说，它提示出你的写作情境，同时我觉得它还有另一层意味，就是你的题注，很多情形下意味着古今视域的关联和融合，这种关联就是你通过古人的视域触碰到了现实的情境。而这种古今视域的融合，正如你所说的，它有很多现实意义和探索价值，比如说，你的尾注一般就是讲这首诗地缘起，及题赠给某人的，等，近似于一种交际或酬和诗，但是它又是和"诗"密切相连的"酬和"。

茱萸：对。我先说明这首诗的缘起和相关场景，这些它所勾连的现实经验，再说这首诗是题赠给某人的，而这些受赠者基本都是诗人，且往往是跟这个缘起和场景有关联。所以它其实是一个古、今、中、外内容汇通的谜语，而至于解开谜语的开关，可能恰恰是在尾注中。

秦三澍：关于《九枝灯》，还有一个有意思的现象，那就是"互文性"。这不仅体现在中西之间，还体现在古今之间。譬如《孟浩然：山与白夜》这首诗，可以读出来你是在登山时，现时视域与古典视域发生了某种交融。另外，当读者联想起你在每一首诗最后的尾注，完全可以把它们看做是一种我前面所说的酬和诗或交际诗。我们知道，诗歌在古人那里常常具有社交功能。你的这一写作行为，是不是带有恢复古人传统的意味？你是否把诗歌这个行为本身，放置到了不局限于诗歌文本的更广阔的语境之中？从这个意义上说，可不可以理解为你的某种接续（或者，像我们前面说的，征用）传统的努力？

茱萸：对，我下意识地有这个想法。古人写诗，很多时候不是纯诗，他们把诗当作一种交际。孔子说，"不学诗，无以言"，其实也是把诗工具化了：你要跟人交流，你要在上层社会和智识阶层之间有一个良好的沟通，你就必须学诗，因为诗是交流的工具。在我们的古人那里，包括我们的饮宴、酬和，诗都是一个非常好的交际手段。我这组诗也带有一些交际酬和的色彩，因为这里面题赠的人，大部分也是诗人。之所以这样做，一部分如你所说，是因为试图来打量这个酬和诗的传统。当然，也有朋友说，我这种恢复和对接太表面化、太形式化了。但是我觉得是没有问题的。就是说，如何真正把这种精神内化到当代诗里面，确实是任重道远的任务，但是它也要首先从形式上接续起。我先试试看，这样的效果如何，所以我才会有这么一个尾注的形式，既标明缘起，又标明题赠，又彰显出交际酬和的功能。

你要知道，这九首诗，我每次写尾注的过程中，所需要的辛苦度和用心度不亚于写诗行为本身。因为，第一，尾注我控制在一定的字数内，第二，我要非常干净利落地交代清楚背景、缘起和场景，并且把这首诗题赠给某个人。这里面的调整其实花的心思非常多。像这个月《上海文学》杂志发表了我这组诗里面的两首，编辑把我的两个尾注删掉了，可能对一般读者来说，这首诗的整全性并没有受到影响（把尾注和题辞删去都没有影响），但是对于我最初的设想来说，这已经是不完整的了，就和删了三行正文的诗句差不多。

秦三澍：关于你的诗学资源，我记得你在某篇文章中提到，它们更多地来自诗歌之外，如哲学、艺术、历史等。你一直从事文化批评和西方哲学研究，你的这个回答也算恰如其分，但我更想了解，作为一个熟读古典诗词的诗人，你自己如何看待你这些年来的旧学资源？我了解到你对李商隐的钟爱，包括在《九枝灯》中你有专门的一首篇幅相对较长的《李商隐：春深脱衣》，似乎李商隐赐予你"收复汉语"的雄伟抱负。那么，他对于你有哪些诗学启示？除了李商隐之外，你还从哪些中国古代诗人那里受益？

茱萸：其实我的诗文本呈现出的面貌，在属性上来说，还是现代诗，甚至说是当代诗，都没有疑义。我觉得只有粗暴而不加细究的批评者，才会把我这样的写作当成是一种"新古典主义"的写作，我对这种标签式的评判是非常反对的。不过包括古典诗词在内，对我来说只是个资源，就像你前面说到的，"征用"。

我只是征用了这种资源，它们给我带来的影响其实不是诗的本体意义上的影响。我的诗本质上还是当代视角，还是用一个现代人的眼光，以一个工业革命之后、全球化之后的知识人的眼光来看待我们前人的作品、经历、思想以及他们的审美。就是在意义上来说，这些东西，对我来说并不构成本体意义上的资源，它只是被征用的资源，除了李商隐，除了这位对我而言确实有独特意义的诗人。

有个学者叫刘若愚（JamesL.Y.Liu），美国著名华裔中英比较诗学研究家，他写过一篇论文，写李商隐，称之为"第九世纪巴洛克式的中国诗人"。他其实是以（文化上的）欧美人眼光来看待中国的一个古典诗人，他认为李商隐是一个巴洛克式的诗人，语言非常华丽、张扬，词藻的色彩鲜亮、明艳。我为什么说这件事情呢？是我想借此说明，我们往往把所谓古今的分野、中外的分野看得太严格了，其实并没有那么严格，边界可能相当模糊。李商隐对我来说，其提供的新鲜经验和诗学本体意义上的影响，不一定是古典式的，也有可能是现代的，甚至可以是"以西释中"式的。作为一个身处古典时代的诗人，他往往被我们"古典化"了。当然，这不是说李商隐写的就是现代诗，这里面很微妙，边界很模糊。比如李商隐诗中的那种歧异色彩，在语义传达精确性基础之上的这种歧异性，恰恰是现代诗、包括欧洲的现代诗所特有的。包括李的用词，他的以知识入诗的方法（所谓"獭祭鱼"之讥，反而说明李商隐是一个非常早的以知识入诗的诗人，以学问、典故、知识入诗的典范），就使得我也沾染上了这个倾向。正是在这个意义上，我觉得李商隐可能比之现当代欧美的诗人（比如我自己很钟爱的博纳富瓦、沃尔科特这样的诗人），对我来说具有更加本体性的影响。正是在这个意义上来说，我说李商隐才是赋予我收复汉语的权柄和抱负的诗人。也正是在这个意义上，他带给我一种信心，一种语言上的信心，一种文学场域上的准备。我们的正统文学史对李商隐的评判其实也挺高的，但是他一直被局限在所谓的爱情诗人、或者说一个优秀的但具有很重才子气的诗人这种角色定位上。根据阅读和从小对他作品的浸淫，我觉得他是一个足以和陶潜和杜甫这样的诗人分庭抗礼的强力诗人。至少对我来说他是一个强力诗人，既提供资源也提供焦虑。是的，李商隐对我来说，提供了不同于陶潜和杜甫的第三种范式。

由此我也可以谈到你接下来提到的问题：除了李商隐之外，我还从哪些中国古代诗人那里受益？像屈原，他可能是每一个用汉语写作的诗人面前一道永恒的阴影，他是"百世辞章不祧之祖"，是永恒的祖师爷，他就在那里，你写口语诗，屈原也在那里，他的影子一直笼罩在那里。比如屈原作品中所流露出的楚文化的瑰丽和巫魅，其实也影响到了我。前些天在民生现代美术馆举办的"星丛诗系"上海朗读交流会上，诗人施茂盛评价说，我的诗有妖气，我觉得这种妖气准确来说可能是巫气，从楚辞那里得来的巫气。诗人在古老的时代，就是掌握某种巫术的祭司。但有人有不同的判断，比如诗人柏桦，我记得去年我们在成都他家附近的饭馆里吃饭的时候，他和我聊到《九枝灯》中的一部分作品，认为我这种对古典诗人资源的征用和处理的路数很正统。以我自己的理解，这种"路数正统"，指的应当不同于文学史写作上的正统，而是相比于专门去摘抄偏门隐僻的资料，我这个路数已经是非常正的了。这个"正"不等同于所谓的"现实主义传统"、"浪漫主义传统"这种正统，而只是我"一个人的文学史"范围内的评判，我所选取的人物所透露出的文学趣味取向很正。

还有就是陶潜，我的江西老乡，他诗中所流露出的形而上色彩，可能是他之前的诗人中所没有的。你跟我聊天，你会发现我对很多诗人的评判和你从文学史教材中学到的评判不太一样，我这种评判是建立在对他们深入地阅读而不是靠前人成见的基础之上来得出的。就是说，我们现在读陶潜所得出的理解，和大部分传统的文学史叙事是不一样的，它们把他塑造成一个隐逸诗人，好像非常的与世无争、躬耕田园，但实际上陶潜是一个情绪上并不平静的诗人，他所有平静的表面下都掩盖着一副热心肠。陶潜有很多诗，比如《形影神三首》，就具有非常浓厚的哲思痕迹、形而上色彩和宗教意味，有大视野，一种宇宙视野。还有他的《拟挽歌辞》，在诗里面，他想象自己死了之后躺在棺材里，大家抚着他的棺材在哭，他看着亲戚们在哭，直到他们把他埋葬。"荒草何茫茫，白杨亦萧萧。严霜九月中，送我出远郊"，把他埋到坟墓里面去，"幽室一已闭，千年不复朝"，他看到自己的尸体在里面逐渐腐烂，被虫蚁所食，你有没有毛骨悚然的感觉？他直面生死的细腻程度，已经不是纯然的思辨，有切身经验，当然这种切身经验也是间接的，是想象，不是他真的死了之后感受到的。这种描摹我读得惊心动魄。他的思辨和玄思和情怀，他的情怀和山川草木、宇宙人生融为一体，我从他这里受益，从他的这种丰富性中受益。我从屈原那里受益的是楚巫文化的艳丽、绚烂和巴洛克倾向，从陶潜那里学到的是经验的丰富性。

还有庾信，他是深入影响过唐诗的一个转折点，一个典范性的诗人。庾信大概可以被看作是唐朝人眼中的强力诗人。我们常说李、杜，"李杜文章在，光焰万丈长"，却反而把李、杜眼中的强力诗人掩盖掉了，对庾信的阅读并不够深入。其实庾信是一个承前启后的经典性诗人。在我看来，他之于汉语由古体而转向近体这个历史性进程的意义，甚至要远超于陈子昂对于唐诗的意义，他是为汉语诗打底色的诗人。《九枝灯》里也有一首《庾信：春人恒聚》，是送给柏桦的，缘起于我们经常在互联网上对庾信的谈论，而"春人恒聚"四字，则出自庾信本人的《后堂望美人山铭》："禁苑斜通，春人恒聚。树里闻歌，枝中见舞。"庾信对我来说是一个非常重要的诗人，他早期的艳丽鲜□、直面世

169

界的新鲜、婴儿般的好奇，以及对这种经验的华丽的编织，都非常迷人。他晚年的苍凉，对过往人生的反刍，这种一代宗师的气派和气质，我也觉得非常迷人。所以庾信也是一个我从中受益匪浅的古典诗人。

你看我梳理这个谱系可以发现，我对古典诗人的认知谱系和普通人所理解的古典诗谱系非常不同。比如"我喜欢李白，我受李白的影响"，我就不可能这么说，我觉得声称受李白影响的诗人是很可疑的。李白是那种飘然而来、飘然而去的天外飞仙般的人物。当然我从中受益的还有诗人杜甫，这是毫无疑问的。杜甫的作品，是每一个中国汉语诗人都要面对的资源，但是当代诗并不一定要和杜甫那样的诗人建立什么样的直接联系，而只是说，在当代诗的艺术上，杜甫、李商隐、庾信、陶渊明这样的诗人可能能被我们所征用，能为我们提供一些启发，而不是说我们要跟他们去承接什么。这其实跟欧美的诗人能给你提供的启发，根本上而言是一样的。没有哪个严肃的新诗写作者看到莎士比亚的诗会不动容，没有这样的诗人会拒绝这样的遗产，因为他是典范性质的，还有但丁这种诗人，他也是典范性质的。

但是现在聊下来，你会发现我列的这些名字和主流叙事不太一样，如果我来做"一个人的文学史"排名的话，屈原、陶潜、庾信、杜甫、李商隐这种序列，你会发现就和主流文学史的排位模式不太一样。关于这些诗歌导师，我们不必求全，而是看哪些人能和我们的心灵相契合。只限于古典汉语语境来说，这几个人，是我隐秘的诗学和心灵导师，"别有统绪"的导师。在这个意义上来说，我愿意做"汉语的苗裔"，而不是通常意义上的那个文学传统（比如诗经、汉魏古诗或者现实主义、山水田园等传统）的服膺者。我并不服膺于这个通常的传统，我可能自己发现了一条别样的路径，并且以这条路径的顶礼者和传承者自居。这是我写作的一个骄傲的来源。每个人一旦成为一个严肃的诗歌写作者，你就不自觉地被纳入了这个序列和河流里面，你说你不去参看这些东西，那是不可能的。这是非常不负责任和业余的态度。问题是，在参看了之后，你怎么把他们的写作真正地转换到自己的经验当中？

秦三澍：嗯，那么我们来谈最后一个话题。2013年以来，你的诗歌似乎出现了某些出乎意料的转向，尤其是《玩具门诊》以来的这几首。你将新的日常体验引入诗中，并且运用着跟之前大相径庭的话语方式，譬如《柳絮还是杨絮》《地铁车厢速写》中的口语风格和戏谑色彩。在你整体性的诗歌谱系中，它们的确是溢出常规的。这种"基因突变"意味着什么？当你写出这些诗时，你是否已经渴望并期许着某种诗学上的哗变和突围？

茱萸：其实你说的"口语风格"这部分，我在2009年，就是

171

前面说的写作几乎停顿的那一年多，也尝试过一些，但觉得还没有准备好。《仪式的焦唇》这部诗集里，收录了几首，作为当时文本实验所残存下来的遗迹。直到去年，我突然觉得可能准备足了，开始了这样的尝试，包括你说的这几首诗，确实都带有鲜明的口语风格，并且是直接来言说，想到什么就说什么，不需要去编织，不需要去把它知识化（其实，"知识化"是我诗歌写作中很重要的一环）。

我写《柳絮还是杨絮》这首诗的时间是去年春天，我在兰州待过几天。刚到兰州的时候，满大街都飘着絮，我一直以为它是柳絮，因为南方柳树多，我们习惯性把飘絮都当作是柳絮。结果快要走的那天，经过一个朋友的提醒，我才发现，那是杨絮。我当时就非常惊讶，就在车里面探讨这个话题。这就是日常经验的一个角落，日常生活中非常有意思的一段，然后我就把它平铺直叙地写进诗里了。就是这样。它是不是诗呢？完全是诗。对我来说，这是一种写作的冒险。你刚才问，是不是一种"哗变"或者"突变"，我觉得是。对我来说，它不安定的因素太多了，它不安全，直到我把它放进诗集里的最后一刻，我还惴惴不安。但是我想，总归是要追求一种变数，至于好不好，对于一个写了十多年的诗人来说，可能也不是那么重要了。变数才是更重要的。

这里面还有一个问题：我们说到的对古典资源的"征用"，像《九枝灯》这个系列，就非常明显，明眼人能看出来你肯定征

172

用了一些资源，至于细部的风景就言人人殊乐，可能有的人看得细一点，发掘得多一点，有的人看得少一点，有的人看得更表面化，有的人看得更深层些。但是像《玩具门诊》也好，《柳絮还是杨絮》也好，这样的诗难道跟我们的古典资源没有关系么？它们之间可能也有关系，只不过这种关系会在更深层意义上发生作用，因为里面没有出现一个通常意义上的古典词汇，没有出现一个关于古人的意象，它完全是现代经验；但是，你能说它就跟我们古人认知世界的角度，没有重合的地方么？你就能说它跟我们古人同这个世界触碰的时候所感知到的东西，不一样么？它可能也是一样的。这就要看怎么去看了。所以，从某种程度上说，《玩具门诊》可能比《李商隐：春深脱衣》更接近李商隐，《柳絮还是杨絮》可能比《刘过：雨的接纳》更接近宋词——当然，这是我的朋友、诗人黎衡提出的一个观点，我觉得他说的有道理。我们的阅读、知识和精神资源，我本人对汉语古典的认知，它最终能产生什么样的影响，它能内化到一个什么程度，不全是在《九枝灯》这样的诗里体现的，可能也会在《柳絮还是杨絮》、《玩具门诊》这样的诗中体现。在这个意义上说，我把这些诗留下来了，而且我希望从中发现一个更新鲜的场域和视野。

所以，我2013年的写作，恰恰跟2009年的时候有点像，只不过2009年的"绛树两歌"，是在随笔和诗这两种文体上进行的，而2013年则是在诗歌写作的内部推进两种截然不同的技艺、声音和风格，重新回到在诗歌上感到困顿、感到疑惑的那个瞬间，从那里突围，即便是这种突围充满不安定因素。

秦三澍，本名秦振耀，生于1991年，江苏徐州人。诗人，青年批评家，兼事英语与法语诗歌译介。印行有诗集《人造的亲切》。主编"杜弗青年诗丛"。曾获柔刚诗歌奖（2015）。复旦大学中文系比较文学与世界文学专业硕士研究生。

古镜照神，或想象"传统"的方法

——论新诗中古典资源的现代重构，以茱萸为例

秦三澍

一

阿甘本（Giorgio Agamben）在《活在幽灵中间的利与弊》（"On the Uses and Disadvantages of Living among Specters"）一文的开头，让我们重温了曼弗雷多·塔夫里（Manfredo Tafuri）关于"威尼斯之'尸'"（"cadaver" of Venice）的论说。按照塔氏的意见，在威尼斯这样的古城举办世界博览会，无异于猥亵地"为尸体梳妆打扮、涂抹口红"，最终招致的结果只能是"一具尸体在我们眼前溶解"。阿甘本由此敷衍开来，认定那个超脱了尸体溃烂之命运的威尼斯，已经进入"幽灵的状态"，并将作为生命形式的"幽灵性"（spectrality），界定为"唯有当一切终结时，才会开始"的"死后的或补充性的生命"（a posthumous or complementary life）。他如是描述另一种"幼虫期幽灵"（larval specter）：

> 它诞生于对自身现状的无法接受，诞生于一种遗忘，以

至于不惜一切地假装自己仍拥有身体的重量和血肉之躯。……幼虫期幽灵必须假装有一个未来，以便为它们往昔的痛苦，为它们对业已完结的命运的不理解，留出空间。[①]

我们借取阿甘本关于"幽灵"的恐怖性论述，以隐喻中国古典诗歌传统与汉语新诗之间的暧昧关系，这或许多少有些耸人听闻；然而事实却是，对于已届百年的汉语新诗而言，"古典"依然是一个时时盘绕于其上的"幽灵"：汉语现代诗（或称新诗）的书写者和批评者出于"对自身现状的无法接受"，同时也出于对"一种遗忘"的不满，或多或少地都会焦虑于，如何面对他们所写下的被称作"诗"的文字与那个悠久绵长的古典诗歌传统之间的关系。他们也无法回避，这种"潜在"的幽灵（"幼虫期"的原文larval，即可引申为"潜在"之意），在"幼虫期"便已隐藏于新诗的历史脉络之中，从而潜在地构成了一个关乎新诗写作合法性的、存在着多重辩难与张力结构的理论问题。的确，无论是多么自信甚而自负的新诗写作者，一旦他以诚实的姿态对待这个问题，都将困扰于这隐约的游移不定和自比于"历史中间物"的焦灼。

这一焦虑，伴随着新诗发展的整个史程。草创期的汉语新诗之所以能将自身的合法性确立下来，很大程度上是将古典诗歌的一

---

① Giorgio Agamben, Nudities, trans. David Kishik and Stefan Pedatella, California: Standford University Press, 2011, p.40.]

整套传统"打入另册",以遮蔽新诗之"对立面"（至少新诗运动初期的主将作如是观）的方式，昭显自身价值的自足性。出于"新旧有别"的文体建构意识，无论是事先"亮明底牌"，抑或对"历史现场"的后设性追述，他们都乐于策略性地突出西方资源之于新诗的重要性。早在1931年，梁实秋已端出这样的"盖棺定论"："我一向以为新文学运动的最大的成因，便是外国文学的影响；新诗，实际就是中文写的外国诗。"[1]这后半段的"警句"式表述，甚至成为一种关乎新诗文体学的主导性论断。然而，当后世抱着"眷恋的失落"，对这一略显简单粗暴的文体革命加以重审时，便会发现，汉语新诗早在其发轫期便暗藏了诸多弊病与隐疾。

当然，事实上的白话文运动，其情形远为复杂；诸如"简单粗暴"这样笼统的主观感觉，大概亦部分地源于文学史叙述中必要或不必要的化约论（reductionism）式的处理。胡适等人在诗歌领域展开大刀阔斧的"革命"之际，"五四"诗坛中亦不乏成仿吾、穆木天、梁实秋、闻一多之辈，开启了以"古典"文学传统为立足之地，而对新诗为代表的白话现代文学加以反思和批判的历史脉络；尽管他们各自视域中的古典传统呈现着不尽相同的面貌，引为论据的古典文学资源以及指向的现实问题亦多有歧出。新诗场域内的这场"新旧之争"，历经1920年代的集中研讨，1930–1940年代伴随着"格律派"、"现代派"、"新古典主义"的

---

① 梁实秋：《新诗的格调及其他》，见《诗刊》1931年第1期，第81页。

写作实绩而不断深化，并在三十年的沉寂之后被重新开启，成为1980-1990年代既困扰又启发诗界的基本诗学议题之一。

这一论题延续到今天，我们可以从近百年来愈见清晰的史程谱系中，归纳出这个显而易见的事实："新旧之争"似乎是在并未撼动新诗之主体地位的前提下，于其内部发生的某种"改良"；而处于论争之一端的古典文学传统，则逐渐被视作一种可供新诗征用的诗学"资源"和"潜能"。人们逐渐认识到，经过"现代转化"的"古典"，恐怕已经不再是那个我们时时眷顾的"古典"，而是经历了数次折射之后而呈现的一个"幻象"。因此，无论是陷入"接受/否定"的简单二元对立思维，还是立足任何一方做出"自我辩诬"的姿态，都显得没有意义：

> 关于新诗存在的合法性，我们既不需要以古典诗歌"传统"的存在来加以"证明"，也不能以这一"传统"的丧失来"证伪"，这就好像西方诗歌的艺术经验之于我们的关系一样。中国新诗的合法性只能由它自己的艺术实践来自我表达。①

如果说李怡的这个判断虽则较为准确明晰，却仍显得"浅白"而疏于论证的话，那么臧棣以"新诗的现代性框架"来重估新诗与

---

① 李怡：《中国现代新诗与古典诗歌传统》（增订版），北京：北京大学出版社，2008年，第16页。

古典文学传统之关系的论说，则更具说服力："中国新诗的问题，从根本上说，并非是一个是继承还是反叛传统的问题。而是由于现代性的介入、世界历史的整体化发展趋向、多元文化的渗透、社会结构的大变动（包括旧制度的解体和新体制的建立），在传统之外出现了一个越来越开阔的新的审美空间。"而我们在无意识中以不言自明的方式反复言说的"传统"，事实上是"现代性状态中的传统"，正是由于现代性本身所设定的传统与现代的二元结构，才使我们深刻地意识到"传统"的存在。故此，新诗与旧诗之间体现出

---

① 臧棣：《现代性与新诗的评价》，见《文艺争鸣》1998年第3期，第48—53页。此文在论证环节中有几个要点值得注意，在此略加引述以便增益对正文中所引片段的理解。首先，文章认为，"新诗对现代性的追求——这一宏大的现象本身已自足地构成一种新的诗歌传统的历史"，而"现代性不是对过去的承继，而是对未来的投身（或说敞开）"。其次，关于新诗缺乏旧诗之"意境"，或新诗语言之"不成熟"与其同古典语言的断裂相关的责难，具有致命的理论弱点："它们都试图把现代与传统的对立加以相对化。或者说，是误入了某种言说的圈套：把现代与传统的'断裂'看成是一个既成的简单的事实；以为所谓的'断裂'只是一种历史叙事的产物，亦即，现代与传统的"断裂"是对现代性特征的一种合适的描述。其三是正文中提及的"现代性状态中的传统"观念。其四，认为"新诗不应一味反叛传统，而应承继传统"的幻觉，与"语言在历史中存在着一种绝对的连续性"这样的假定相关；而事实上，"语言的发展只有相对的历史性。语言自身的连续性是有限的，它的发展充满偶然性（如现代汉语的形成得益于白话文的运用和用欧化语法翻译西方语言的相辅相成）"，因此新诗有理由"在现代性为它设定的实践空间内""拒绝了传统用它自身的审美范畴逾界来衡量自己"。其五，关于在传统与现代的历史分化的构架中"传统"所占据的地位："现代性"的发展和存在并不依托于对传统的继承，"现代性追求的只是不同于传统，其终极目标和内在逻辑都不是反对传统"，因此新诗的发展并不决取于新诗和旧诗的关系，更不用说作为一种模式被提出来的继承关系。不过，值得注意的是，文章末尾亦反对全然割绝新诗与旧诗之间关联的虚妄想法，其理由是"现代性（从发展模式上看）并不拒绝新诗和旧诗的联系，它反对的只是它们之间的一种虚拟的却被绝对化了的连续性"；因而中国古典诗歌仍是不容忽视的文学资源，可与新诗达成某种"诠释关系"而非"承继关系"，新诗对传统加以"承继"是一个伪命题，但存在着对传统的"重新发现"。

的文学关联"不是一种继承关系，而是一种重新解释的关系"。①

　　然而，突出"艺术实践的自我表达"这一尺度或"传统之外新的审美空间"之类的认知标准，这并不意味着问题的被取消；相反，我们应当期许和着手操作的，是对问题本身的复杂化与再历史化（re-historicizing），甚而有必要回溯至问题的源头，去探查汉语新诗与古典文学传统关系的初始形态——这个横亘百年的诗学论题，在时势的迁变中，必定经历了我们或许未及察觉的变形与改写，而其中的一些侧面也必然被选择性地彰显与遮蔽。同时，经过百年流转之后，汉语新诗究竟在现下取得了怎样的进展与实绩，又拓开了怎样的新的问题空间，这些都成为重新探讨新诗与旧诗传统之关系的最重要的现实理据和指向性。这项考察，与我们亟需做出的"历史化"的努力同等紧要。

二

　　现下，当我们重启新诗与古典传统之关系的议题，似乎已默认了"新诗"与"旧诗"之间对抗性和紧张感渐趋式微的事实

① 黄灿然认为："本世纪以来，整个汉语写作都处在两大传统（即中国古典传统和西方现代传统）的阴影下。写作者由于自身的焦虑，经常把阴影夸大成一种压力，进而把压力本身也夸大了。"（黄灿然：《在两大传统的阴影下（上）》，见《读书》2000年第3期，第22-31页。）

（无论"传统"对新诗而言意味着"压力"抑或"阴影"[①]）。这不再是二者之间如何抉择的问题，而转换成了：古典资源[①]如何以或显或隐的方式转化到新诗之中，二者如何汇通和重构以重铸新诗品质的问题。倘若我们还记得文章开头处关于"幽灵性"的譬喻的话，这个问题便可以借助文学性的修辞而重述为，古典诗歌之"幽灵"如何"借尸还魂"的可能性；或者更具体地说，它牵连的是如下一整套问题系：

白话新诗与古典诗歌在哪些层面是可以接续、契合和沟通的？即使在这些彼此相互暗合的层面，两套诗学话语又有哪些各自的侧重点？旧诗以及古典诗学传统中的哪些质素经过滤而存留在了新诗中？加入"古典质素"的白话新诗如何保持其"现代特征"？其中发生了怎样的"隐喻体系"或"象征体系"的位移？它们汲取的"古典营养"具体是什么？这些古典营养为何既可以在古典诗歌中存在，又同时适用于现代诗歌？如何吸收运用？有何变通？更深层地，传统为新诗写作者个人提供的潜能、资源以及在意识的支援，怎样在文本层面上运作起来？传统与现代的逻辑

---

① 本文以"古典资源"这一笼统的称谓，来描述新诗写作实践中所征引、借鉴、挪用、变形的古典性对象，自有其学理上的考量：新诗所致力于转写和重构的不仅是"古典诗歌资源"，有些还借鉴和征用了古典散文资源；甚至亦不局限于是"古典文学资源"，有些溢出了（现代意义上的）文学的范畴，譬如被一些新诗作品征引化用的《礼记》原典及《礼记正义》这样的经学注疏文本。此外，将之界说为"古典语言资源"似乎亦不妥，在字法、辞藻、句法、修辞方式之外，新诗还向"古典传统"汲取和改造了其他诸方面的"文化文本"，如典范性的寓言结构、制度性的文人仪式、审美姿态与历史意识等等。故此，统称为"古典资源"固然略嫌宽泛，却似乎在学理上更趋精准。

相关性又如何多层次地彰显？

　　这些接踵而至的提问，除了借助学理上的爬梳和辨析，亦需要在新诗文本实践的具体观照下做出回应和阐发。在将古典诗歌传统加以现代性转化与重构的诗学路数上，持有清晰之认知且践行于写作之中的，前有二十世纪二十年代的成仿吾、梁实秋、闻一多、朱自清、穆木天等，其后则经1930年代"现代派"的卞之琳、废名、何其芳、林庚、施蛰存，和1940年代或可冠以"新古典主义"之名的吴兴华、朱英诞、沈宝基、罗大冈等人，蔚为一股潮流。①及至八十年代以来的陈东东、柏桦、张枣、萧开愚、哑石、蒋浩、韩博、沈方、向以鲜、朱朱、商略等一众诗人，大抵亦可算作同道的开拓者。1980年代以来，当这一诗学问题被翻旧账似的不断提及和讨论时，所涉对象仍圈定在更年长且早出的一批诗人身上，而新世纪以来崭露头角的诗人——如朱□、罗逢春、了小朱等——依旧处于话题的边缘位置。因此，当我们将目光延伸至活跃于汉语诗界的更年轻者，便很容易发现被批评家雅称为"汉语的苗裔"的茱萸（1987-）。

---

① 在1920年代至1940年代汲取古典资源以"铄古铸今"的新诗文本中，各位诗人切入"传统"的层面及方式各不相同，呈现出某种"广泛性"和多元特质，一如秦晓宇所简要论说的："思想内涵上的继承，有废名的'新禅诗'写作；风格上的效法，有卞之琳的诗'冒出李商隐、姜白石诗词以至《花间》词风味的形迹'；形式上的仿古，则有闻一多的'新格律体'：字句匀齐、音步规整、声韵铿锵，这种阅兵式般的诗歌本欲追摹古典形式主义传统，不料却落入旧诗的下乘境界。"（秦晓宇：《江春入旧年》，见孙文波主编：《当代诗II》，北京：文化艺术出版社，2011年，第172页。）

稍具古典文学修养的读者，都足以将茱萸新诗作品中的"古意"指认出来，尽管这种特质不可能涵盖或取代他那更为多元的（权且称之为）"非古典"的写作。抛却诗人着力构造的几组"系列诗"，那些单独成立的篇什，仅着眼于标题，亦能轻易辨出古典之气韵——《初春纪》、《池上引》、《卉木志》、《白蔓郎》……如是等等。这些写于2008年前后的诗篇中，最具古意的也许就是这首副题为"致历史的柔软处"的《卉木志》："她低眉、束腰，栖身绿袖之上，/口含清冷的阳光，写柔软的史。/'妾名仓庚，长于扬子江畔，/昨日占得屯卦，将情种来播洒。'……"①

　　"仓庚"即黄莺，《诗·豳风·东山》有"仓庚于飞，熠□其羽"句，谓莺鸟"羽鲜明也"②；《诗经·小雅·出车》则有"春日迟迟，卉木萋萋。仓庚喈喈，采蘩祁祁"，言仓庚和鸣于茂美之春日，平添声色③。在茱萸装置的清雅而精致的古典情境中，"仓庚"化为依占卦而"播撒情种"的妙龄少女，引我们去读览它所修撰的"柔软的史"。而我们对诗中"古典性"加以指认的依据，大抵为"绿袖"、"屯卦"、"落英"、"枝柯"这类古代名物或古典诗词意象，以及积淀其中或附着于其上的古典情怀和审美姿态

---

① 茱萸：《仪式的焦唇：2004–2013诗歌自选集》，武汉：长江文艺出版社，2014年，第70页。本文所引用的茱萸诗作，均出自此诗集。
② [汉] 毛亨（传），[汉] 郑玄（笺），[唐] 孔颖达（疏）：《毛诗正义》，北京：北京大学出版社，2000年，第613–614页。
③ 同上书，第703页。

（如"低眉、束腰"的女性身姿）。诗中拟人化的仓庚自述"昨日占得屯卦，将情种来播洒"，"屯"为《周易》第三卦，"屯，难也"①，原指植物萌发大地、万物始生之时，充满艰难险阻，然顺时应运则必欣欣向荣；在《卉木志》诗中，它作为催发"万物始生，情之萌动"的一副引子，让"仓庚"与"卉木"脱出《诗经·小雅·出车》的既定文本，而达成了现代诗歌语境中的另一重新鲜的交汇。

　　刘化童曾将茱萸诗中频繁出场的"卉木"，归纳为具有普泛性质的"图腾"系谱。诗人虽自辩"不清楚每一株植物、每个细节的名字"（《池上饮》），而事实上，他仅仅是"对植物分类学缺乏必要的耐心"②：他的诗从未将某种特定的植物选拔为主导性意象，而是把"植物"这个具有"共名"特征的意象系统整体性地纳入他的诗歌取景框中，编织出一幅错综而无所特出的"群芳谱"。以花草喻人、借花草言志，这一沉淀于中国诗歌传统最底层的文化基因编码，大约可以溯源至诗骚时期；而六首诗组成的《群芳谱局部》中，茱萸直截了当地将花卉与"汉语"/"汉字"并举和关联起来，似乎迫不及待地要向我们展示他作为一位汉语诗人的文化胎记：

让汉字缩小在这种花诸多的别名内

---

① [魏] 王弼（注），[唐] 孔颖达（疏）：《周易正义》，北京：北京大学出版社，2000年，第39页。

② 刘化童：《穿过植物茎管催动诗歌的力》，见《诗林》2011年第1期，第52页。

秘密移植到香气之外，充当调兵的虎符

——《群芳谱局部·香莒兰》

你残酷地拥有着这样的名字，在高傲的他乡

我的楔形辞藻开始苍白

——《群芳谱局部·白玉兰》

在这里，茱萸将汉语的质地与花草的性状关联起来，后者那柔弱却生生不息的特质，被转码（transcoding）为一套整合性的隐喻意义，经由诗人特意打造的语词通路，被前者准确地接收。颇具意味的是，作为花之"别名"载体的汉字，似乎知晓并催动着香气之外的"秘密"；而"在高傲的他乡／我的楔形辞藻开始苍白"，是否又暗示着诗人以汉语书写诗歌时的那种难掩的自矜？然而，诗人不仅仅满足于以现代汉语的言说方式，来恢复和重新点燃它可能承担的古典性意义；他不愿将想象力纯然消耗在对古典语境的复述中，而欲赋予新诗作品以更强烈的现代感性（modern sensibility）和现代品格。

系列诗《穆天子和他的山海经》便是他的初步尝试。它倚仗《山海经》和《穆天子传》的现成文本，做出类似于"故事新编"的重述和改写。在《山海经》中，"精卫鸟"本事仅有这般简短的描述："又北二百里，曰发鸠之山，其上多柘木。有鸟焉，其

185

状如乌，文首、白喙、赤足，名曰精卫，其鸣自□。是炎帝之少女，名曰女娃。女娃游于东海，溺而不返，故为精卫。常衔西山之木石，以堙于东海。漳水出焉，东流注于河。"①而茱萸的《精卫辞》经由想象力的调制，将这个"一句话故事"敷衍为缠绕交错、富于立体层次的现代诗篇。

1980年代中期，张枣曾以新诗文本《何人斯》，对古典诗《诗经·小雅·何人斯》展开逐句对照式的改写，堪称其时颇为先锋的笔法②；二十四年后的茱萸，则更具胆力地将"原/源文本"（original text）彻底地颠覆和拆解，仅撷取其间零星的碎片，"凭空"创出一个完全独立于"前文本"（pre-text）之外的新文本。毋宁说，诗人更认同"pre"（"前"）这一仅暗示了文本生产之时序先后的提法，却不愿承认"original"（"原初"、"本源"）一词所暗示的等级制意味——那种依附、从属于"权威"文本的差序关系。《精卫辞》有意忽略和抛弃了《山海经》文本中的叙事框架（尽管它毫不复杂），以及其中关乎精卫之原生地、性状、身世的一切信息；诗人仅仅抽取了"精卫填海"这最表层且人所公知的文学常识（一如在《卉木志》仅仅借用了"屯卦"最初级的意义），他所看重的，是如何重述一个与现代情感及意识结构相吻

---

① 引自袁珂（校注）：《山海经校注》（增补修订本），成都：巴蜀书社，1993年，第111页。断句标点略作调整。

② 张枣的《何人斯》写作于1984年秋天。据宋琳《精灵的名字：论张枣》一文，见其《俄耳甫斯回头》，北京：北京大学出版社，2014年，第55页。

合的新型故事，如何书写出"桃花如今是满树的／我们拿锁骨交换月亮"这样"形似神不似"的诗句。而"即使雇不起人点灯／也不用摸黑／在东海之滨搭起高高的帐篷了"，诗思似乎已溢出古典语境之外，而在现代日常细节的缝隙间恣意漫流。

这组以《穆天子和他的山海经》为总题的组诗，还有如《刑天舞》这样更具有美学激进性的篇什：

　　　　我要换身新的袍子

　　　　绿色的、干净的袍子

　　　　跳刑天舞

　　　　他给了我一只杯子

　　　　"喝点水吧，它能让你的嗓子

　　　　少冒点烟出来"

　　　　我想起了那个叫瓦特的男人

　　　　他改良了蒸汽机

　　　　眼前的刑天，神色忧戚

　　　　为接下来的节奏和动力发愁

　　　　我们可以携带马达上路的

　　　　不跳刑天舞，还可以胡旋

你先逃吧，越远越好

我会在你斧子的桃木柄上

狠狠地咬一口

若对这首诗做一次粗疏的"化学分析"，似乎"现代"的元素多于"古典"（倘使我们仍沿用上述的辨认规则）。谈及它与"前文本"《山海经·海外西经》之间微弱的关联，前者仅仅向后者借取了一个人名（"刑天"）和一个模糊的行为举动（"操干戚以舞"），而诗歌的庞大躯壳则完全由作者想象力衍生的叙事细节所填充[①]。这里颇具间离效果（Verfremdungseffekt）的，不仅是由"我"替代刑天完成了舞蹈的动作，更重要的是，"英国工业革命之父"瓦特因"被我想起"，而成为诗中一个看似突兀却又颇具文本自洽性的角色——刑天与瓦特之间，由"'喝点水吧，它能让你的嗓子 / 少冒点烟出来'"和"我们可以携带马达上路的"相勾连。而"刑天"仅留给我们一个越发模糊的"背影"，仅仅作为引出当下生活图景的一个参照物——因为"我们可以携带马达上路的 / 不跳刑天舞，还可以胡旋"。

上述两首诗中，神话题材的奇幻性，为茱萸重新裁剪素材、翻空出新，提供了些许便利；而同样重要的则是人称问题，这或

[①] "刑天"（一作"形天"）本事见《山海经·海外西经》："形天与帝至此争神，帝断其首，葬之常羊之山，乃以乳为目，以脐为口，操干戚以舞。"引自袁珂（校注）：《山海经校注》（增补修订本），成都：巴蜀书社，1993年，第258页。

可成为解读它们的一条捷径。当"我"被装置为诗歌文本中的叙事动力，古今中外的一切诗歌资源，都为"我"——超越时空限制的想象力主体——所征用和调配。分属彼此悬殊之世界中的事物，借由想象力的通道而在同一首诗中彼此照面，并在异质经验猛烈对接和拼贴中，迸发出类似于"古典波普"（classical pop）的奇异诗性。

"故事新编"体的前辈鲁迅，曾在小说集的序言中如是"夫子自道"："叙事有时也有一点旧书上的根据，有时却不过信口开河。而且因为自己对于古人，不及对于今人的诚敬，所以仍不免有油滑之处。"①茱萸的这组诗也许看不出什么对古人的"不敬"，但"油滑"却在所难免——那一丁点儿旧书上的根据，不过是他构建自己叙事体系的一个"由头"，这也就足以解释，为何"石雕、浮云"会与"跑鞋和击打乐器"并置出场（《夸父曲》），为何大禹会抱怨"专家评审制出了问题"（《治水令》），为何女娲随身带着"粉色小皮包"（《抟土》）、洛神会脱下"天鹅绒外套"（《洛神》），为何当嫦娥翻开桑林地图，看到的却是"珍惜动物保护协会旧址"（《奔月》）。更甚者，在《听新编昆曲〈临川四梦〉》诗中，观众得以望见的，乃是南柯太守的"仪仗队和民心工程"；在诗的末节，作者还对生活在四百年前的汤显祖

① 鲁迅：《〈故事新编〉序言》，见《鲁迅全集（第二卷）》，北京：人民文学出版社，1973年，第451页。

发出邀约，请他来体验一把上海的现代都市生活："汤显祖都是老江湖了，四百年来他缄口不言 /'你来上海吧。这里有你从未想象过的、闪烁的生活。'"

三

1937年4月，茅盾为宋云彬的历史小说集《玄武门之变》作序，于行文间归纳了鲁迅《故事新编》在写法上的好处：一是"用现代眼光去解释古事"，其二则是"借古事的躯壳来激发现代人之所应憎与应爱"。茅盾以为，若前者还"勉强能学到"的话，后者则属周氏"更深一层的用心"。①这启示着我们，是否可以将茱萸诗中以"古人古事"介入"现代生活"的书写行动，理解为他对更具本质性意义的现代感性的"激发"？

茱萸凭借将古典资源纳入现代新诗文本的写作路径（这只是他的多种路径之一）而获得了诗界的关注和激赏，亦同时因此而备受非议和责难。对"古典"或传统文学持"原教旨主义"（funda-mentalism）态度者，自然将此类的新诗文本划入"不合格"的序列；而一部分既对新诗抱有"理解之同情"且对中国古典诗歌与诗学资源持有热忱，并极力想要"接续"（而非转化或重构）传统的"有志之士"，亦将茱萸的这种"重构"指认为隔靴搔痒。

---

①茅盾：《〈玄武门之变〉序》，见宋云彬：《玄武门之变》，上海：开明书店，1937年。

以上的批评意见颇值得理解。不过，茉莉在2010年即发表了既带有辩护色彩、实则又为"汉语现代诗"之合法性立言的《临渊照影：当代诗的可能性》①一文，其中或许泄露了关乎其诗歌写作意图的些许线索。他的"临渊照影"，意味着"自我辨识与厘清"和"某种追索的可能性"，同时，也关涉到如何处理与"传统的阴翳"（"阴翳"云云颇类似于本文开头提及之"幽灵"）的关系。在这里，茉莉提醒我们："在古典汉语内部，'传统'是一个'命题'，但难以成为一个'问题'，而在杂交的汉语现代诗这里，它却成为了一个'问题'。"

因此，当现下的诗人们致力于"接续"传统、"打通"古典与现代，他们首先需要追问的是：汉语诗歌的"传统"是什么？"古典"又是什么？诗骚、四言诗、五七言古体、近体诗、词和曲，这些面貌各异的诗歌"传统"，却在事后被表述成一个面目模糊的"形态的聚合体"。因此，更迫切的任务是回顾一段"问题史"，从问题的源头开始，清理和排除那过多的预设、伪问题和"假想敌"。

"传统"的拉丁文动词词源tradere，意指"交出"或"递送"，而现代英语中的traditon则描述"传承的一般过程"。尽管其中隐含着"敬意"与"责任"，但仍须引起注意的是，"传统"乃是一

---

① 茉莉：《临渊照影：当代诗的可能性》，见孙文波主编：《当代诗II》，北京：文化艺术出版社，2011年，第161—171页。

② 参见Raymond Williams, *Keywords: A Vocabulary of Culture and Society* (Revised edition)，New York: Oxford University Press, 1985, pp.318–319.

个"主动性的进程"（active process）②。那么，新诗承接了什么，又开启和传递了怎样的新统绪，就成为一个首当其冲的问题。汉语新诗的坐标，必然将定位于两种"传统"交叉形成的参照系坐标：一是中国古典诗歌传统，一是西诗及译诗传统，它们共同构成了新诗的合法性来源①。激烈者如梁实秋、邵洵美等，甚至径直将新诗的"传统"对接到西方诗歌与诗学上。即便我们难以完全接受和认同这样的论断，但事实上，汉语新诗与汉语古典诗之间的诸种"断裂"，并不仅仅体现于各自操用语言的不同，更重要的是，古典文学传统之于汉语现代诗之所以构成一个问题，很大程度上还源自于新诗发生学意义上的"现代性焦虑"，正是这种焦虑让新诗与旧诗之间决定性地开裂出一条巨大的鸿沟。

在白话新诗运动展开之前，黄遵宪、梁启超等"诗界革命"的倡导者，已经从清末日趋严重的社会危机中，视见了中国古典诗歌的痼疾——它与充满"现代"特征的现实世界的间隔如此遥远，"它无法装载新的知识，它不能表达新的思想，它甚至无法沟通日益复杂的日常生活和普通人的情感"②，成了中国改变社

---

① 张枣曾据此构建了新诗语言的三维系统——"既能从过去的文言经典和白话文本摄取养分，又可转化当下的日常口语，更可通过翻译来扩张命名的生成潜力"——并将之认定为"白话文运动"中为使写作语言能够容纳某种"当代性"或"现代性"而做出的努力，即，使之成为一个"在语言功能与西语尤其是英语同构的开放性系统"。（张枣：《朝向语言风暴的危险旅行：当代中国诗歌的元诗结构和写者姿态》，见《上海文学》2001年第1期，第75页。）

② 谢冕：《总序：论中国新诗》，见《百年中国新诗史略：〈中国新诗总系〉导言集》，北京：北京大学出版社，2010年，第7页。

会现状的障碍。由此，他们着力于思考如何以旧形式来传达新思想、扩展新内容、表现新境界。而"扩大诗歌的表意能力，包容遽变中崭新的事物和经验"[1]，乃是从晚晴诗界革命一直持续到胡适"新诗"实验的支配性历史冲动和精神背景。胡适等白话运动的先锋将，虽然在一些具体的诗学追求上与"诗界革命"派歧出两路，却也不可避免地顺沿和共享了前人的某些基础性的思路。不过，对包括旧诗在内的整个旧文学不抱任何幻想的胡适，显然并不认可那种"旧瓶装新酒"的"改良"策略，而以断裂于过往的决绝方式，对汉语诗歌语言做出了"革命"式的"空前的大破坏"，以打破以往对旧诗的"迷信"和崇拜，重建理想的诗歌秩序，从而描画了汉语现代诗的一个最初面貌（尽管如前所述，暗疾重重）。[2]作为其新诗构想的理论参照物和理想模型，异域的文学思潮与样式，无疑对白话诗产生了初始性的构

---

[1] 姜涛：《"新诗集"与中国新诗的发生》，北京：北京大学出版社，2005年，第129页。

[2] 关于黄遵宪"诗界革命"与胡适"新诗革命"（作为"新文化运动"之一环）的关系，段从学的《从黄遵宪到胡适：中国新诗发生中的象征性问题》（见《新诗评论》2011年第2辑，第59-84页）一文，在二者之间勾画了一条从"象征性"演变为"现代性"的路线图。该文认为，黄遵宪"诗界革命"的目标是提出既不附庸于古人、又不必屈从于来者的双重独立视域，以及自信于"当下"（类似于波德莱尔之"使现在'英雄化'"）。而胡适"新诗革命"的核心即"白话目的论"，白话作为中国文学发展的终极目标，不仅是一种表达工具，更成为一种特殊的历史观——现代性进步观——的栖身之所，并在现代线性时间的绵延之维中，把文言、白话和国语三者的共时性存在，叙述成了以"国语的文学，文学的国语"为最终目标的历时性序列；由此，"打倒旧文学"成为比"提倡新文学"更鲜明的行动纲领，而胡适对白话新诗的设想，亦是从"打倒旧诗"之中派生出来的，即预设一个对立性的他者，进而在否定这个他者的过程中来建构自身的合法性。这为我们理解和解释新诗自发生以来所产生的某些"先天不足"，提供了一种可能性。

型作用。

　这种革命性的"告别古典"行为，其背后所牵引的社会历史语境，颇近似于迈克尔·罗伯茨（Michael Roberts）在欧洲为"现代诗"辩护时所陈述的那样：

　　　人的感觉范围的扩充，我们意识界对环境更细微的切合，我们生活和改变的生产方式的适应，这些都是一种冒险，有的时候非常迫切，但在任何时候都是必要的。[①]

　而茱萸在《临渊照影》一文中，认为白话新诗兴起之际，恰恰也就是民族国家意识确立、民族国家身份认同渐渐明晰的时代。他将汉语新诗比作一个"混血儿"，出于对身份认定的焦虑，汉语新诗走上了漫长的"寻父"之路，而这也正是现代汉语诗与传统之关系的历史线索：她拥有两个可疑的"父亲"——"义父"即古典汉语诗歌及其变种，"养父"即西方现代诗歌传统及西诗汉译。茱萸将古典汉语诗歌传统，视作白话新诗的"义父"（即"假父"），从根本上抽空了后者对前者不断"追寻"的合法性。更重要的是，当古典语境烟消云散之际，那庞大且驳杂的古典诗歌传统如何"借尸还魂"，就更成为一个难题。

---

① [英] 麦可·罗勃兹：《一个古典主义的死去》，穆旦译，见香港《大公报·文艺》第1233期（1941年11月24日）。

这不仅仅是语言生成机制的问题——汉语古典诗歌语言与现代白话文"从一开始就不该被视为是同一种语言的两个进化阶段",而应当被视作"两种语言"——而且在形式传达(如"意象"、"生情"、"神韵"等诗体内在要求)和表现内容上(以农业文明为基底的古典诗歌所呈现的经验,在多大程度上能够被现代诗歌所吸收?),也存在着诸种断裂。诚如姜涛所言,新诗与古典诗歌的区别,"不仅是文学内部成规的改编,诗的文化功能、角色,与读者的关系,乃至阅读的方式,都发生着潜在的变化"①。

这也就是为什么,茱萸的诗中常有一个主导性的声音,执意挣脱叙事或抒情的主线,做这样隐约而曲折的议论:

> 是时候告别旧时光了。
>
> 尽管它曾拥有过原初时
>
> 那徒然的面貌,辗转和牵连。
>
>
> 欢好及筵席,曾在繁盛的花影下
>
> 再次被赋予新的形式。
>
> ——《六月七日》

---

① 姜涛:《新诗的发生及活力的展开——20年代卷导言》,见《百年中国新诗史略:〈中国新诗总系〉导言集》,北京:北京大学出版社,2010年,第28页。

如今，我们在汉语内部遭遇芳草、流水和暖红，

无处不在的现代性，那非同一般的嚎叫。

——《风雪与远游》

在《池上饮》中，他提醒我们："池上饮，绝不能效仿干枯的古人们 / 沾染着吴越一带的甜腥来谈论 / 治服、习技或房中术。"在现代语境中"效仿干枯的古人们"，不仅是无效的，也是不可能达成的事，即便在"芳草、流水和暖红"之间，也已遍布了"嚎叫"着的"现代性野兽"。"古典"是一个永远无法"回归"的领域，一个无法"复现"的存在。

我们不妨替茱萸续说他尚未言明的话，但愿这并非一种臆断或过度诠释：新诗由于它在语言上鲜明的言说方式，以及与之耦合（articulated）的情感和意识结构，业已开启了某种"新传统"；它与古典传统之间并非纯然的承接关系（自然也非纯粹的断裂），而是行进在两条平行的轨道上。我们将之定位于"新"，并非对胡适早年之"文学进化论"做全然认同与附和的姿态，而毋宁说，是将之与那个庞大而古旧的"古典文学传统"区分开来。一如温儒敏所提示的，这"新传统"（在另一些场合他也以"小传统"来指代）虽则形成时间较短，却与古代传统一样，已经作为民族语言的"想象共同体"（imagined community）而存在着；它以权威性力量不断"入侵"、影响着后起

196

之创作，甚而无孔不入地渗透到社会生活之诸方面，具备了某种稳固的"常识"性质①。

然而，我们在此区分新旧两种传统，并不意味着全然斩断两者之间的关联。事实上，旧诗与新诗之间"藕断丝连"的断续状态，让前者始终成为后者反观、调试和校正自我的参照物；而我们的工作，就在于勾画出二者"照射"关系的具体路线和位移图示。司空图曾提出"古镜照神"的譬喻，在《二十四诗品》的第七品中，他以"空潭泻春，古镜照神"形容"清洁"、"精熟"②的"洗炼"境界。郭绍虞释读此二句为"空潭言其明净，古镜言其精莹。明净则淘泻春光，清澈到底；精莹则照映神态，纤屑毕现，均谓洗炼之功。"③不过，若依照另一种"绎意"法，似乎亦可将"古镜照神"这一诗性命题理解为：古镜未必能照映出形貌上的纤微之处，却能从中见出真实神态，在朦胧之中需依凭想象而加以补充。④假使我们"断章取义"地将这一譬喻移植过来，用以看待新诗在旧诗之"古镜"中的"镜像"，那么，除却可资鉴别的"形似"外，那些经想象力变形而存留于新诗文本中的"神似"之古意，不也正

---

① 温儒敏：《中国现代文学的阐释链与"新传统"的生成》，见王风、蒋朗朗、王娟编：《对话历史：五四与中国现当代文学》，北京：北京大学出版社，2014年，第179页。

② 杨廷芝《诗品浅解》释"洗炼"云："凡物之清洁出于洗，凡物之精熟出于炼"。引自[唐] 司空图（著），郭绍虞（集解）；[清] 袁枚（著），郭绍虞（辑注）：《诗品集解·续诗品注》，北京：人民文学出版社，1963年，第14页。

③ 同上书，第15页。

④ 张少康：《司空图及其诗论研究》，北京：学苑出版社，2005年。

是古典传统中值得重新发现、考量和加以表达的部分吗?

　　无独有偶,周樽为《杜诗镜诠》所作序中,也采用了"镜"的喻说:"如镜烛形,一经磨莹而其光愈显",以褒奖杨伦笺注杜诗"尽得其要领,……求其至是"的功劳①。承接上文的解说,当古典诗学传统经新诗的"磨莹"而得以焕发新生时,那些对"古典"做本质化考量的"原教旨主义者",他们内心的焦灼感能否因而得到些微的纾解?青年诗人黎衡曾以"栽植汉语镜像的森林"隐喻茱萸的诗歌写作,一个在"已然失落的汉语的文化故国和文本世界"之废墟上,"去虚构每一个已经模糊的镜像"(茱萸《岁末想起父亲》中诗句)的诗人,定然是心怀眷恋而近乎"执拗"的。②在这个层面上,"古镜照神"或"如镜烛形"命题中关于"镜"的隐喻,已经透露出茱萸对"古典传统"加以想象的方法论意义,以及他在新诗中对古典资源加以征用和改造的可能性路径。

四

　　有论者将茱萸的此种诗歌写作行为,比作"两种汉语表达形

①　[唐] 杜甫 (著), [清] 杨伦 (笺注):《杜诗镜铨》,上海:上海古籍出版社,1998年,序言第6页。
②　黎衡:《缺席之镜像:茱萸诗的"斜坡"与"仪式"》,见秦三澍、砂丁、方李靖 (主编):《多向通道:同济诗歌年选 (第一卷)》,香港:绛树出版社,2014年,第258页。
③　刘化童:《星丛观测指南》,见陈忠村、茱萸 (主编):《同济十年诗选:2002-2012》,上海:上海文艺出版社,2012年,第400页。

态之间的一个诗歌翻译器"③。如果说,"翻译"在宽泛层面上意味着通过一种事物解说另一事物的认知与实践活动的话,那么,茱萸究竟在新诗文本内部"翻译"了什么,又以怎样的方式从事着这场"翻译",则颇值得做进一步的探察:至少,它已超出了以现代诗语言将古典文学典故、诗句等加以对应性重写的范围。

汉语新诗史上,关乎此种"翻译"或曰"跨语际实践"(translingual practice)①的讨论并不鲜见。卞之琳晚年有"化欧""化古"之说,自谓"我写白话新体诗,要说是'欧化'(其实写诗分行,就是从西方如鲁迅所说的'拿来主义'),那么也未尝不'古化'"②;将古诗之"意境"通过西方之"戏剧性处境"而作"戏剧性台词",将中国诗之含蓄精炼与西方诗之暗示性相汇通,将文言词汇、句法与欧化语法一道融化进新诗的口语中,如是等等,俱是他所尝试的"归化"(domestication)式的"翻译"方案。而废名则在早先时候,便树立了将古典诗词元素"翻译"成

---

① "跨语际实践"是刘禾在其《跨语际实践:文学,民族文化与被译介的现代性(中国,1900~1937)》(宋伟杰等译,生活·读书·新知三联书店2002年版)一书中提出的统摄性概念。此书作者提出这一概念的目的,在于"重新思考东西方之间跨文化诠释和语言中介形式(linguistic mediation forms)的可能性"(见序言第1页)。联系到下述的废名之"新诗""旧诗"观,以及茱萸本人在《临渊照影:当代史的可能性》一文中关于新诗、旧诗"两种语言"的论说,本文大胆而"冒进"地将新诗和旧诗所操用的语言及各自语言使用观念,视作分途(关于这个问题,可参看本文其他各处的相关论述),并在此基础上,剥离了"跨语际实践"这个概念在该著作中的具体语境,而还原和"恢复"它从字面读解的"一般"意义——即,用这个术语指称古典诗歌语言如何通过"跨越语际的实践"而在新诗话语中得以"复现"。

② 卞之琳:《雕虫纪历:1930—1958(增订本)》,香港:生活·读书·新知三联书店香港分店,1982年,第18页。

新诗话语的学理依据，他如是比照新诗与旧诗之区别：

> 新诗要别于旧诗而能成立，一定要这个内容是诗的，其文字则要是散文的。旧诗的内容是散文的，其文字则是诗的，不关乎这个诗的文字扩充到白话。①

> 我们写的是诗，我们用的文字是散文的文字，就是所谓自由诗。②

以诗之"内质"，而非外在的语言、形状等因素来区别"诗"与"非诗"，无疑是废名对新诗之"现代品格"的一次重新发明；而"诗质"——或"诗的内容"、"诗的感觉"——正是现代诗人可以从古典传统中承继而来的。不过，废名赖以界分"新诗"与"旧诗"的标尺，或许与我们惯常理解的颇有些出入：在他那里，中国以往诗的文学，虽内容上总有嬗变，然"运用文字的意识"却几乎一致；即便其间夹杂"白话"，亦不过发挥着与单音词同样的功用，故不可谓为"白话诗"，而应一贯称之为"旧诗"。反之，"内容为诗，文字为散文"，则是新诗的显明特征。

---

① 冯文炳（废名）：《新诗问答》，见《谈新诗》，北京：人民文学出版社，1984年，第232页。
② 冯文炳（废名）：《新诗应该是自由诗》，同上书，第26页。

废名以为"旧诗之所以成为诗，乃因为旧诗的文字"，我们似乎可以依照上述这些"运用文字的意识"，将茱萸所写之物判定为彻头彻尾的"新诗"或现代诗。这决非戏谑而无聊的文字游戏或同义反复的循环论证，而是我们遵依学理的一次证验：只消从诗集中最新的系列诗《九枝灯·初九》，信手拈出第一首的三行起句——"盛夏盘踞在途，终结了花粉的暮年，/余下的葳蕤，却教人袭用草木柔弱的名字/以驱赶初踏陌生之地的隐秘惊惶"——便可发现，其中对复音字的批量使用、以逻辑分析性见长的散文句法和修辞方式，显然与古典诗歌中的语言及审美呈现方式迥然有别①。而这，正是废名意义上的"新诗"与"旧诗"之别。

在古典诗歌中，汉字最大程度地发挥着它作为语素文字（logogram）的表意功能，它摆脱了音素文字（phonemic，如拉丁字母）因记录声音而不可避免的意义之延缓出场，而以"组义"

① 秦晓宇在《江春入旧年》一文（此文是W. H. Herbert、杨炼、Brian Holton、秦晓宇合编的《玉梯：当代中文诗选》[Jade Ladder: Contemporary Chinese Poetry，英国Bloodaxe Books于2012年出版] 中为"新古典诗"部分所作的分体序言；该选集划分了"抒情诗"、"叙事诗"、"组诗"、"新古典诗"、"实验诗"、"长诗"这六种诗体）提出了他（在《玉梯》选集中）所选定的"新古典诗"应具备的形式特征："在语言形式上体现出对古典传统的化用与呼应。这种化用与呼应主要落实在三个方面：一、追求古典诗歌的音乐形式——格律；二、文言古语及古诗语法、句法的借'诗'还魂；三、在古典传统的启示下，发挥字本位的诗思方式和修辞艺术。"（秦晓宇：《江春入旧年》，见孙文波主编：《当代诗II》，北京：文化艺术出版社，2011年，第172页。）两相对照即可发现，茱萸新诗作品中对古典资源的转化和"呼应"显然与此歧出两途，由此他在新诗作品中"回到古典"的个人化路径得以更明晰地描画和彰显出来。

201

之功能直接呈现"事象"。这一方面得益于造字者"根据事象的特点和意义要素组合，设计汉字结构"①；另一方面，它又与灵活的或曰"不严密"的词法与句法结合起来，不断调整和重构着事象间的内在逻辑，精炼且又含蓄。因汉字构形与及汉语语法而造就的汉诗独特的美学特质，在海内外均有颇深入的探讨②，此处仅点到为止；本文真正关心的是，当茱萸部分地放弃了汉字本身的组义功能，代之以西方语法中逻辑性较强的缠绕句式，这种放弃和重新选择将流失掉什么，又将引入怎样的新意义？在由"源语"（source language，这里指古典诗歌语言）向"目的语"（target language，指现代诗歌语言）转化的翻译实践中，古典诗歌中的哪些"诗质"得以承继下来？

从诗集《仪式的焦唇》中收录的最新近的系列诗《九枝灯·初九》（除《叶小鸾：汾湖午梦》初稿作于2010年外，其余八篇均写于2012—2013年），或许可以管窥茱萸的诗学进展。从体式上看，"九枝灯"中的每首诗均由三个部分组成：数句西诗引文，

---

① 申小龙、孟华：《"汉字文化新视角丛书"总序》，见孟华：《汉字主导的文化符号谱系》，济南：山东教育出版社，2014年，"总序"第2页。

② 相关的文化语言学问题，除上引孟之著作外，另可参：申小龙等著《汉字思维》（济南：山东教育出版社，2014年）；张新《闻一多猜想——诗化还是诗的小说化》（《中西学术》第一辑，上海：学林出版社，1995年）等。此外，美国汉学家厄内斯特·费诺罗萨（Ernest Fenollosa）论汉字与东方诗的文章，曾直接启发了埃兹拉·庞德（Ezra Pound）等诗人的"意象派"诗歌，其汉译本《作为诗歌手段的中国文字》（赵毅衡译）可见于《诗探索》1994年第3期。而刘若愚、高友工、梅祖麟、叶维廉、叶嘉莹等学者亦从不同角度触及过相关问题。

呼应着整首诗的诗意，或呈现出结构性的互文关系；诗歌正文，通过与中国古典文学家的隔空"对话"，将现实语境与古典情怀相交融；后记式的尾注，起到了记录诗作缘起和酬和的实际功能。作为一个有着敏锐的"辨体"意识的诗人，茱萸在诗中不厌其烦地重复安排着这三个部分，此种结构必然是克莱夫·贝尔（Clive Bell）所谓的"有意味的形式"（significant form）。警句式的西诗引文，与完全中国式的古典语境交织在一起，这种"亦中亦西"的写法，让我们回想起闻一多在《女神之地方色彩》一文中关于新诗之"新"的观点：

> 我总以为新诗径直是"新"的，不但新于中国固有的诗，而且新于西方固有的诗；换言之，它不要作纯粹的本地诗，但还要保存本地的色彩，它不要作纯粹的外洋诗，但又尽量的吸收外洋诗的长处；他要做中西艺术结婚后产生的宁馨儿。①

闻一多当初提倡的"中西艺术结婚"，九十年后在《九枝灯》这组诗中得到了某种应和。中、西两种诗歌文本（姑且以"中"、"西"来笼统地代指）在茱萸的诗中交杂在一起，这种高度互文（intertextuality）引发了不可逆料的化合反应，在原文本的意义束缚之外拓出了新的诗境。

---

① 闻一多：《女神之地方色彩》，见《创造周报》1923年第5期，第4页。

这组未竟之作（"初九"之下想必还有"九二"、"九三"……系仿《周易》中对六十四卦各爻分解之作法），通过对古代文人以及古典文学作品的一次次"追访"，触及了汉语内部反复言说的一些重要话题："酒"（《阮籍：酒的毒性》）、"青春"（《叶小鸾：汾湖午梦》）、"死亡"（《曹丕：建安鬼录》）、"不朽"（《庾信：春人恒聚》）、"汉语的权力"（《李商隐：春深脱衣》）、"诗歌与政治"（《高启：诗的诉讼》）、"山水与隐逸"（《刘过：雨的接纳》）、"代谢与循环"（《孟浩然：山与白夜》）……事实上，它们完全可以被统摄于同一个论题之下，即内在于汉语传统中而绵延至今的某种"不朽性"与"永恒性"。

我们继续拈出茱萸《大运河》（2007年）中的诗句："大运河是一个幽深的谜团，你解不开 / 所以怀古是一件不必急的事情"。与此相对照，《九枝灯·初九》恰恰是一组急于"怀古"的诗。既然茱萸的《临渊照影》一文已向我们表明，汉语新诗难以借助语言的媒介去通达古典传统，那么，这里"怀古"的凭据又是什么呢？《庾信：春人恒聚》一诗给出了初步的答案：

> …… 不朽者厌倦了
>
> 时间的反复无常，歌舞能换回十五岁或
>
> 二十五岁颤抖的青春吗？而游园与赏秋
>
> 作为传统剧目将被无限期共享和保留。

时间的反复无常，让"不朽者"亦感到厌倦，而青春自然也无法"换回"；不过，"游园"与"赏秋"，这些古代文人习以为常的仪式，却得以作为"传统剧目"而长留至此。作者在诗中流露出的，除却自然更替的无奈之外，还有对上述仪式性活动的永恒信任；换句话说，时间之于诗人是躲不过的人事代谢，之于诗歌却成为试验永恒与不朽的参照标准。在《叶小鸾：汾湖午梦》中，"依旧在长的躯体，撑破小小的棺木"，既是对早逝才女叶小鸾之肉身永恒的期许，更隐喻着那内化了的古典汉语资源，也将内在地生长在汉语的园圃中。古代文人的行迹之所以在今天仍能得到呼应，直白地说，正是因为当下生活仍"现存"（presence）着这样那样与古代相类似的事件、情境与意趣。《高启：诗的诉讼》讲述着诗人如何在困境之中艰难地存活："法官和政客在没有你的浴室里裸裎相见，/他们能给你的思想内裤做无罪的化验？"当我们注意到诗的后记"感近日时事而作"，便会明白历史并未远逝。

也许，这就是茱萸内化的怀古冲动。他希望"接续"的古典精神（"接续"古典精神，与"征用"古典资源，终究是不同的），看似虚无缥缈，却延展于前代文人的诗文中，溶解于对文人仪式、历史事件和自然遗迹的追忆/唤醒（evocation）之中。现代生活中仍能够与古典相呼应的部分，就是他致力于"翻译"的部分。

倘若我们还记得，上文提到的《穆天子和他的山海经》组诗中那些仅仅被作为"引子"的古典质料，便会发现一个悖论，尽管是一个可解释的悖论：茱萸一方面仅仅将古典诗歌与诗学资源"片面"地、"断章取义"地引入新诗文本中，另一方面，却意欲将整个古典文人传统带入进来。这强化着我们心中悬而未决的那个疑问：当"物"凭借"词"在茱萸诗中现身的时候，这"物"究竟是"古典之物"，抑或仅仅是点缀着"古典"纹饰的面具？

我们或许可以从艾略特（T. S. Eliot）的那篇讨论"传统"与"个人才能"之关系的文章中，找到某种代为回应的"依据"；或者也可以将茱萸的写作实践，看做近一百年之后的"回声"与验证。在艾略特那里，传统具有"更广阔的意义"（much wider significance），且"无法继承"（cannot be inherited）；除非动用包括"历史意识"（historical sense）在内的巨大努力：

> 这种历史意识，既是超时间的（timeless）的意识，也是时间性的（temporal）的意识，同时也是一种超时间性与时间性相结合的意识。它使得一个作家成为传统的（traditional）。①

而我们原以为凝固不变的"传统"，实际上是一个由"现存的不朽作品"构成的随时修改和调试（altered / modified）的"完

---

① T. S. Eliot, "Tradition and the Individual Talent", see his *The Sacred Wood: Essays on Poetry and Criticism*, London: Methuen & Co Ltd, 1920, p.49.

美体系"，它将接纳新的艺术品加入其中，并在重新调整中使得"旧事物和新事物之间取得一致"（conformity between the old and the new）。因此，在这个意义上，新诗与古典诗歌/诗学传统仍可以共享着一个通用语境。茱萸试图从古典传统中挖掘的，也许正是艾略特在此处强调的"过去的现存性"（presence of pastness）。而更进一步地，我们是否也可以把茱萸重构古典文学序列的努力，看做一种修撰"私家文学史"的个人尝试？

> ……在某处，古老的
> 法则和修辞以另一种形式意外归来。
> 隐藏自己是一场更深的误会。诗的
> 棋盘上没有任何一颗闲子，青绿山水
> 又怎能在纸面露出洞悉奥秘的微笑？
>
> 我们嚼甘蔗细的那头（前提是剥开
> 汉语的紫色深衣），并不甜美的汁水
> 溅满整个房间——它带来一抹浅亮
> 瞬间使我们拥有了一个白昼般的夜。
>
> ——《孟浩然：山与白夜》

"诗的/棋盘上没有任何一颗闲子"，似乎暗示着，那个渐渐远去的古典文学传统，在当下仍有其不可抹消的位置和意义；而关键在于，"古老的法则和修辞"以怎样的"另一种形式"归来？古典的"青绿山水"如何跨越时间的阻碍，呈现于现时的纸面上？首要的工作将是"剥开／汉语的深色外衣"，吸纳古典传统（"甘蔗"）中那内在的"汁水"，也许它"并不甜美"，但我们将在瞬间拥有一个"白昼般的夜"，一个被古典菁华点亮（哪怕是"浅亮"）的汉语新诗传统。那"汁水"，也就是从古至今都存在着的永恒性的共在场域，一个古人与今人都持有的一种对"诗之远景"眺望的历史眼光："我们／要共同以'青年才俊'的面貌，作／语言的争胜——与萧悫、王融、何逊，／甚至我们的后辈。"这首诗起于现实中的登岷山之事，而在孟浩然"人事有代谢"之旧句的回响与共鸣中①，形成了今人与古人同在、

---

① 此诗的尾记中写道："致诗人哑石。睹孟浩然登岷山诗'人事有代谢'句，忆2011年青城山之游，兼怀同行的岭南、川中诗友"。

② 关于此处提及的"元诗"／"元诗歌"之概念，不妨借用张枣的界说："诗是关于诗本身的，诗的过程可以读作是显露写作者姿态，他的写作焦虑和他的方法论反思与辩解的过程"。（张枣：《朝向语言风暴的危险旅行：当代中国诗歌的元诗结构和写者姿态》，《上海文学》2001年第1期，第75页。）在另一处文字中，张枣亦有对"元诗"的阐发，并对当代汉语诗的"元诗方式"做出了自己的设问、判断和美学引导："纯诗艺的元诗方式也应包含对自己的写作的反思与批评，即时刻去追问：我们的美学自主自律是否会堕入一种唯我论的排斥对话的迷圈里？对来自西方的现代性的追求是否要用牺牲传统的汉语性为代价？如何使生活和艺术重新发生关联？如何通过极端的自主自律和无可奈何的冷僻的晦涩，以及对消极性的处理，重返和谐并与世界取得和解？"（张枣：《首届安高诗歌奖受奖辞》，见肖开愚、臧棣、孙文波编：《中国诗歌评论：从最小的可能性开始》，北京：人民文学出版社，2000年，第249页。）颜炼军将张枣所提出和诠释的"元诗"观念进一步概括为："诗歌对于现实的思考，转换为对词与物之间的关系的焦虑和思考——他们成为诗歌写作的对象。"（颜炼军：《杜甫，或"正午的镜子"——90年代诗歌的诗意变形记》，见《新诗评论》2011年第2辑，第89—90页。）

今古视域合一的贯通场域，而被赋予了某种"元诗"（meta-poetry）[②]的喻说（trope）意味。

江弱水曾提醒我们注目于"古典诗的现代性（modernity）"[①]，他欲以"西方诗学的试纸，来检测一下中国古典诗的化学成分"：诸如杜甫的"独语"、冥想与内倾化；李贺、周邦彦那源于齐梁宫体的"颓废"与"滥情"、诗语的"超现实"和断续性；李商隐因密集用典而形成的互文式写作，以及由此引发的歧义与繁复；甚或姜夔的由"那喀索斯型人格障碍"而呈现的自恋心像；如是等等。而茱萸在这里为我们展示的，是对于新诗中"恒定的古典性"的追求，是对江弱水的诗学努力所做出的一种呼应。"古典诗的现代性"与"现代诗的古典性"的提法及其内在理路具有某种同构性，正如将当代汉语诗歌纳入传统的考量，与将传统资源注入当代汉语诗歌的语境，所解决的是同一类型的问题。

当然，这是一种"想象的古典性"——倘若我们挪用和改造王德威借以描述沈从文的乡土小说时，所发明的那个诗学概念"想象的乡愁"（imaginary nostalgia）。古典诗歌传统对于一切新诗写作者而言，都是无以完全割舍和背离的"原乡"；然而这种"乡愁"，在茱萸的新诗文本中，"与其说是原原本本地回溯过去，更不如说是以现在为着眼点创造、想象过去"，"追忆的形

---

① 江弱水：《古典诗的现代性》，北京：生活·读书·新知三联书店，2010年。

② 王德威：《写实主义小说的虚构：茅盾　老舍　沈从文》，上海：复旦大学出版社，2011年，第271–273页。

式本身"才是他写作的重点②。当古典传统作为一个整体性的"典故"被茱萸征引,似乎已很难具体地区分,他究竟是如卞之琳那样"以旧诗为对象",还是像废名、林庚那样"以旧诗为方法"。①

毋宁说,本文开头所引用的阿甘本关于"幽灵性"的论断,恰恰契合了新诗之"古典性"的某些特征:古典诗歌传统如同那个已经溶解了肉身的"幽灵",享有着"死后的或补充性的生命";一如波德莱尔(Charles Baudelaire)所说,"过去在保留着幽灵的动人之处的同时,会重获生命的光辉和运动,也将会成为现在"。②然而,古典传统这往昔的幽灵,一旦以"借尸还魂"的方式"成为现在",就必定如岳伯川在《铁拐李》的楔子中所描述的:"我如今着你借尸还魂,尸骸是小李屠,魂灵是岳寿",换上新诗"外衣"的古典传统将呈现出完全迥异的样貌。

而经由"古镜"映照的新诗,又将透出几分古典韵味的"神似"? 在茱萸营建的"汉语镜像"的密林中,我们能否辨认

① 参见冷霜:《重识卞之琳的"化古"观念》,见《江汉大学学报(人文科学版)》2007年第6期,第12–17页。此文通过揭示卞之琳对T. S. Eliot名文《传统与个人才能》多重"误读"的辨认,认为卞氏在新诗如何借鉴旧诗的态度上,与其他诗人之间产生了有意味的张力:"与同时期的诗人废名、林庚(尤其是后者)'以旧诗为方法'的诗观相比较,卞之琳的方式可以说是'以旧诗为对象'的,在前者那里,古今并无严格的区分,旧诗的某些概念体系(尽管已经经过了现代文学观念的中介)如'质'与'文'等仍然能够作为一种活跃的诠释力量参与到新诗的理论与实践之中,而在卞之琳这里,'传统'('古')已是诠释和'化'的宾体"。
② [法] 波德莱尔:《现代生活的画家》,见《波德莱尔美学论文选》,郭宏安译,北京:人民文学出版社,1987年,第474–475页。

出那个依稀可见的旧梦，又能否在"旧梦"中将延伸至当下的自我加以重新确认？当茱萸洗脱了早期诗歌中"古典波普"式的玩世不恭与妖冶习气，而以更开阔的古典心性和更稳健的传统气脉，走进"铄古铸今"的诗学图景中，他那宏阔的诗歌抱负将再次显露：

> 诗神的遗腹子，被命运所拣选的那个人，
>
> 你的手杖会再度发芽，挺起诱人的枝杈，
>
> 收复汉语的伟大权柄，那阴凉的拱门。
>
> ——《李商隐：春深脱衣》

2014年5月7日初拟于沪上复旦

2015年3月末补订于徐州寓所

主要参引文献

(以文献发表时间为序)

［1］T. S. Eliot, The Sacred Wood: Essays on Poetry and Criticism, London: Methuen & Co Ltd, 1920.

［2］闻一多：《女神之地方色彩》，见《创造周报》1923年第5期，第4-8页。

［3］梁实秋：《新诗的格调及其他》，见《诗刊》1931年第1期，第81-86页。

［4］茅盾：《〈玄武门之变〉序》，见宋云彬《玄武门之变》，上海：开明书店，1937年。

［5］［英］麦可·罗勃兹：《一个古典主义的死去》，穆旦译，见香港《大公报·文艺》，第1230-31期、第1233期，1941年11月20日、22日、24日。

［6］［唐］司空图（著），郭绍虞（集解）；［清］袁枚（著），郭绍虞（辑注）：《诗品集解·续诗品注》，北京：人民文学出版社，1963年。

［7］鲁迅：《鲁迅全集（第二卷)》，北京：人民文学出版社，1973年。

［8］［清］黄遵宪（著），钱仲联（笺注）：《人境庐诗草笺注》，上海：上海古籍出版社，1981年。

［9］卞之琳：《雕虫纪历：1930—1958（增订本)》，香港：生活·读书·新知三联书店香港分店，1982年。

［10］冯文炳（废名）：《谈新诗》，北京：人民文学出版社，1984年。

［11］Raymond Williams, Keywords: A Vocabulary of Culture and Society（Revised edition），New York: Oxford University Press, 1985.

［12］［法］波德莱尔：《波德莱尔美学论文选》，郭宏安

译，北京：人民文学出版社，1987年。

　　[13] 袁 珂 (校注)：《山海经校注》（增补修订本），成都：
巴蜀书社，1993年。

　　[14] ［唐］杜甫 (著)，［清］杨伦 (笺注)：《杜诗镜铨》，
上海：上海古籍出版社，1998年。

　　[15] 臧 棣：《现代性与新诗的评价》，见《文艺争鸣》1998
年第3期，第48-53页。

　　[16] ［汉］毛亨 (传)，［汉］郑玄 (笺)，［唐］孔颖达
(疏)：《毛诗正义》，北京：北京大学出版社，2000年。

　　[17] ［魏］王弼 (注)，［唐］孔颖达 (疏)：《周易正义》，
北京：北京大学出版社，2000年。

　　[18] 黄灿然：《在两大传统的阴影下（上）》，见《读书》
2000年第3期，第22-31页。

　　[19] 张 枣：《朝向语言风暴的危险旅行：当代中国诗歌的
元诗结构和写者姿态》，见《上海文学》2001年第1期，第74-80
页。

　　[20] 张 枣：《首届安高诗歌奖受奖辞》，见肖开愚、臧棣、
孙文波编：《中国诗歌评论：从最小的可能性开始》，北京：人
民文学出版社，2000年，第248-249页。

　　[21] 张少康：《司空图及其诗论研究》，北京：学苑出版
社，2005年。

[22] 姜 涛：《"新诗集"与中国新诗的发生》，北京：北京大学出版社，2005年。

[23] 冷 霜：《重识卞之琳的"化古"观念》，见《江汉大学学报（人文科学版）》2007年第6期，第12-17页。

[24] 李 怡：《中国现代新诗与古典诗歌传统》，北京：北京大学出版社，2008年。

[25] 谢 冕、姜涛、孙玉石等：《百年中国新诗史略：〈中国新诗总系〉导言集》，北京：北京大学出版社，2010年。

[26] 江弱水：《古典诗的现代性》，北京：生活·读书·新知三联书店，2010年。

[27] 茱 萸：《临渊照影：当代诗的可能性》，见孙文波主编：《当代诗II》，北京：文化艺术出版社，2011年，第161-171页。

[28] 秦晓宇：《江春入旧年》，见孙文波主编：《当代诗II》，北京：文化艺术出版社，2011年，第172-181页。

[29] 段从学：《从黄遵宪到胡适：中国新诗发生中的象征性问题》，见《新诗评论》2011年第2辑，第59-84页。

[30] 颜炼军：《杜甫，或"正午的镜子"——90年代诗歌的诗意变形记》，见《新诗评论》2011年第2辑，第85-96页。

[31] 刘化童：《穿过植物茎管催动诗歌的力》，见《诗林》2011年第1期，第50-52页。

[32] Giorgio Agamben, Nudities, trans. David Kishik and Stefan

Pedatella, California: Standford University Press, 2011.

　　[33] 王德威：《写实主义小说的虚构：茅盾 老舍 沈从文》，上海：复旦大学出版社，2011年。

　　[34] 刘化童：《星丛观测指南》，见陈忠村、茱萸 (主编)：《同济十年诗选 (2002–2012)》，上海：上海文艺出版社，2012年，第389–404页。

　　[35] 温儒敏：《中国现代文学的阐释链与"新传统"的生成》，见王风、蒋朗朗、王娟 (编)：《对话历史：五四与中国现当代文学》，北京：北京大学出版社，2014年，第179–199页。

　　[36] 茱萸：《仪式的焦唇：2004–2013诗歌自选集》，武汉：长江文艺出版社，2014年。

　　[37] 孟华：《汉字主导的文化符号谱系》，济南：山东教育出版社，2014年。

　　[38] 宋琳：《俄耳甫斯回头》，北京：北京大学出版社，2014年。

　　[39] 黎衡：《缺席之镜像：茱萸诗的"斜坡"与"仪式"》，见秦三澍、砂丁、方李靖 (主编)：《多向通道：同济诗歌年选 (第一卷)》，香港：绛树出版社，2014年，第257–259页。

　　　　　　　　　　　　　首刊于《延河》2015年第9期。

　　　　　　　　　　　　发表时有删节，收录本书时有增订。

图书在版编目（CIP）数据

花神引 / 茱萸著. — 2版. — 成都：四川文艺出
版社，2019.4
ISBN 978-7-5411-5297-9

Ⅰ. ①花… Ⅱ. ①茱… Ⅲ. ①诗集—中国—当代
Ⅳ. ①I227

中国版本图书馆CIP数据核字（2019）第038625号

HUASHENYIN

花神引

茱萸 著

责任编辑　朱　兰　蔡　曦
封面设计　鸿儒文轩·书心瞬意
内文设计　史小燕
责任校对　汪　平

出版发行　四川文艺出版社（成都市槐树街2号）
网　　址　www.scwys.com
电　　话　028-86259285（发行部）　028-86259303（编辑部）
传　　真　028-86259306

邮购地址　成都市槐树街2号四川文艺出版社邮购部　610031
印　　刷　三河市华东印刷有限公司
成品尺寸　142mm×210mm　　　　开　本　32开
印　　张　7.25　　　　　　　　　字　数　150千
版　　次　2019年4月第二版　　　印　次　2021年4月第三次印刷
书　　号　ISBN 978-7-5411-5297-9
定　　价　45.00元